Arena-Taschenbuch
Band 50986

Von Margot Berger ebenfalls im Arena Verlag erschienen (Auswahl):

In der Reihe »Pepper und Flo«:
Ferien auf der Sommerweide
Ritt ins Abenteuer
Pepper in Gefahr

In der Reihe »Eine wahre Pferdegeschichte«:
Blindes Vertrauen
Freundschaftsprobe
Verhängnisvoller Verdacht
Letzte Chance für Jana
Auf der Suche nach Calido
Schwere Zeiten für Julia
Entscheidung fürs Leben
Kein Abschied für immer
Freunde, Tag für Tag (Sammelband)

Margot Berger
begann ihre Journalistenlaufbahn als Redakteurin bei großen Tageszeitungen und Frauenzeitschriften. Die begeisterte Reiterin und Pferdeexpertin lebte und arbeitete als selbstständige Journalistin und Buchautorin in Hamburg.

Margot Berger

Pepper und Flo

Ein Wunschpferd kommt selten allein

Arena

MIX
Papier aus verantwortungsvollen Quellen
FSC® C110508
FSC
www.fsc.org

1. Auflage im Arena-Taschenbuch 2018

Covergestaltung: Frauke Schneider unter Verwendung eines Fotos von www.slawik.com
Umschlagtypografie: KCS GmbH · Verlagsservice & Medienproduktion, Stelle/Hamburg
Gesamtherstellung: Westermann Druck Zwickau GmbH
ISSN 0518-4002
ISBN 978-3-401-50986-0

Kurzes Intro von Flo

Hallo,
das hier ist kein normales Pferdebuch – du hältst nämlich im Grunde *zwei Bücher* in der Hand. Auf den ersten Blick kommt das Ganze als coole Geschichte über mich (Flo) und Pepper, das tollste Pferd der Welt, daher. Darin versteckt sich aber auch noch ein echter Ratgeber mit vielen Tipps und Infos.

Ein Pferd für mich allein – das war seit der ersten Reitstunde mein Traum. Doch als mein Wunsch tatsächlich in Erfüllung gehen sollte, stellte ich fest: Verflixt verzwickt, ein Pferd zu kaufen und anständig zu betreuen. Zum Glück half mir Tapir, der *genialste* Pferdepfleger auf diesem Planeten. Und weil ich so extrem selbstlos bin, gebe ich seine Tipps gerne weiter. Du erkennst sie an den Mini-Symbolen neben dem Text:

Hier findest du alles, was man über Pferde, Pferdekauf, Pferdehaltung, Futter usw. wissen sollte. Die wichtigsten Tipps haben wir am Ende zu einem Quick Check (ab Seite 207) zusammengefasst.

markiert die Stellen, an denen du etwas über das typische Verhalten von Pferden erfährst. Über die Sprache der Pferde. Und über ihr Seelenleben.

Hier werden wichtige Begriffe erklärt.

Im Anhang (ab Seite 207) findest du außerdem eine Menge zusätzlicher Infos und Adressen.

Nun aber los!
Flo Ende

1.

Der Schock traf mich am letzten Tag vor den Sommerferien.

Als ich meinem Vater das Zeugnis mit der Bemerkung »versetzt nach Klasse acht« unter die Nase hielt und als Belohnung mein Traumpferd Pepper verlangte, sagte er: »Ich kaufe doch kein gebrauchtes Tier.«

Und dafür hatte ich nun gepaukt wie verrückt!

In unzähligen Fruststunden, während ich über den Sinn von Winkelsummen im Dreieck nachgrübelte, träumte ich von meiner Belohnung mit sechs Buchstaben: P-e-p-p-e-r, das tollste Schulpferd auf dem Habichthof.

Meine Eltern hatten mir versprochen: »Wenn du die siebte Klasse schaffst, schenken wir dir ein Pferd.« Ohne die gemeine Einschränkung: ». . . aber auf keinen Fall dein Lieblingsschulpferd.«

Seit diesem unseligen Zeugnismittwoch im Juli sind fast acht Monate vergangen. Inzwischen blühen bei uns im Garten die Osterglocken und ich habe immer noch kein Pferd.

Eine gefühlte Ewigkeit fahre ich nun schon mit meinen Eltern durch Schleswig-Holstein, um Verkaufspferde anzusehen. Mein misstrauischer Vater lässt sich einfach nicht für mein Traumpferd erwärmen. Meine Argumente für Pepper perlen an ihm ab wie Regen an struppigem Shettyfell. Er will partout kein Schulpferd – aus lauter Angst, dass er ein Exemplar kauft, »das fehlerhaft benutzt worden ist«. So ein Schwachsinn!

Schuld an Papas Argwohn ist sein Job. Prüfer bei einer Versicherung. Immer und überall wittert er Lügen, Bluff, Täuschungen, Ausreden, Betrügereien, kriminelle Absichten, Arglist, Mängel. Mein Vater würde sich noch nicht einmal

Socken kaufen, ohne vorher die Herstellerfirma zu überprüfen. Also kann man sich vorstellen, wie pingelig er erst ist, wenn es um den Kauf eines Pferdes geht.

Fast habe ich die Hoffnung aufgegeben, vor meiner Rente ein passendes Pferd zu finden. In knapp zwei Wochen werde ich vierzehn!!!

Heute steht am späten Nachmittag Besichtigung Nummer neun an. Eine schwarze Stute namens Venus.

Als ich von der Schule nach Hause komme, leuchtet mir vom Küchentisch eine fett umrahmte Anzeige in meiner Pferdezeitschrift entgegen. Papas roter Edding. Muss wichtig sein.

Ich pfeffere den Rucksack in die Ecke, hole mir einen Pudding aus dem Kühlschrank und greife mir das Blatt.

»FLORA! Bitte lesen!«, steht am Seitenrand. Und weiter: »Den Galopper habe ich heute früh in der Zeitung entdeckt! Heute Nachmittag Besichtigungstermin.«

Oh Papa!

Was da schwarz auf weiß als Verkaufspferd gedruckt steht, kann nur Bullshit sein, sonst hätte ich die Anzeige längst selber gefunden. Den Text muss ich gar nicht lesen, aber aus Neugier überfliege ich ihn trotzdem.

Englischer Vollblüter, Herz Tuan xx, 5 Jahre, braun, nach Abschied von der Rennbahn zu verkaufen. 4000 Euro VB.

»Super, Papa«, sage ich laut zu meinem Schokopudding und werfe das Blatt zurück auf den Tisch. »Du bist ja ein großer Pferdekenner.«

Ein fünfjähriges Galopprennpferd direkt von der Rennbahn!! Geht's noch? Genauso gut könnten meine Eltern mir einen Ferrari schenken und mich damit in den Stadtverkehr schicken.

Ein Rennpferd!

Warum kann ich nicht Pepper haben?

Meine Mutter steht plötzlich hinter mir und schält sich aus ihrem Trenchcoat.

»Wie findest du Papas Pferd?«

Im Rennfieber habe ich nicht auf die Haustür geachtet. Dabei kommt Mama jeden Tag um diese Zeit von ihrem Job bei der Sparkasse in Haverstedt.

Dass Mama und ich verwandt sind, kann keiner übersehen.

Beide haben wir braune Augen und honigbraune Haare. Heidehonigbernsteinbraun, nennt mein großer Bruder Daniel die Farbe, also mit blonden Lichtern drin. Meine Haare fallen glatt bis auf den Rücken. Mama dreht ihre zu einem Knoten. Flatterhaare wie meine sind Horror für meine Mutter – für eine Dreiundvierzigjährige wären offene Haare aber auch oberpeinlich. Jedenfalls würde ich ihr dann verbieten, zum Elternsprechtag zu gehen. Beide sind wir ziemlich schlank und exakt eins siebzig groß. Dani behauptet: »Sogar eure Beine sind gleich lang. Sensationell lange Jeans-Beine.«

Wer hat schon einen Bruder, der so etwas absolut SCHMEICHELHAFTES über einen sagt?

Ich drücke Mama einen Kuss auf die Wange.

»Richte deinem Mann aus, er hat sie nicht alle mit seinem Rennpferd!« . . . möchte ich sagen. Stattdessen murmele ich: »Bisschen schnell, so ein Rennpferd.«

»Aber Flo, der Verkäufer wird doch kein Pferd anbieten, das nicht ordentlich zu reiten ist.«

Träum weiter, Mama. Unser Reitlehrer hat mir Horrorgeschichten von gedopten Pferden erzählt. Da werden Durchgedrehte ruhig gespritzt und Kranke gesund. Wenn sie dann verkauft sind, geht das Drama im neuen Stall erst richtig los.

Selbstverständlich behalte ich das für mich, sonst schrecken meine Eltern in letzter Sekunde noch davor zurück, ihr Pferdeversprechen einzulösen.

Mama faltet ihren Mantel ordentlich über eine Stuhllehne und greift zum Wasserkocher.

»Ich mach uns schnell einen Tee, bevor du zum Stall fährst.«

Zwei Minuten später balanciert sie die dampfenden Becher ins Wohnzimmer. An dünnen Fäden baumeln Teebeutelanhänger.

Meine Mutter liebt die aufgedruckten schlauen Sprüche auf den Etiketten. Seit wir ein Pferd suchen, hat jedes Wort eine tiefere Bedeutung. Meistens kann ich Mamas Drang nicht entgehen, mir jedes Wort vorzulesen.

Heute ist keine Ausnahme. Feierlich hebt sie das Etikett an und verkündet:

»›Was du beginnst, beginne es klug und bedenke das Ende.‹«

»Wie kann es ein Ende geben, wenn es erst gar keinen Anfang gibt, Mama?« Ich puste in den heißen Tee. »Ich meine, mit Papas Galopper?«

»Angucken kannst du ihn doch«, sagt meine Mutter. »Dein Vater war so stolz darauf, selber ein Pferd gefunden zu haben. Musst ihm auch mal eine Freude machen.«

Bin ich neuerdings für das Seelenleben meiner Erzeuger zuständig? Dann kann ich aber auch mehr Taschengeld verlangen.

Nach dem Tee umarme ich Mama und rubble ihr mit der Nase über die Schläfe, weil sie diese Art von Kontakt für den ultimativen Tochterliebesbeweis hält.

»Ich drück dir die Daumen, Flöhchen.«

»Yo.«

Jetzt aber nichts wie weg.

Mein Fahrrad lehnt noch an der Treppe. Ich klemme meinen Putzkasten auf den Gepäckträger und schiebe das Rad eilig an der niedrigen Buchsbaumhecke entlang auf den Gehweg. Ich wohne gern hier am Fichtenkamp 6a. Mein Zuhause ist total normal, also richtig gemütlich. Zum Glück keine Nobelanlage wie die Wohnungen von Gloria Tanner und Melly Lanz aus dem Stall. Scheint nämlich so, als müsste man so eine First-Class-Herberge mit First-Class-Macken der Eltern bezahlen. Wie Melly, die sich mit einer First-Class-Furie als Mutter herumschlagen muss. Den Stress gönne ich ihr allerdings total, dieser verzogenen Tussi, denn Melly ist meine größte Konkurrenz um Peppers Liebe.

Unser weiß verputztes Reihenhaus sieht richtig einladend aus mit den hellen Fenstern, den Blumenkästen und der Riesenlinde an der Ecke. Mein Zimmer liegt im ersten Stock. Mit Balkon! Wenn ich aufwache, gucke ich direkt durch die hohe Glastür in den Garten. »Der schönste Raum im ganzen Haus«, sagt Dani, der bald achtzehn wird und eigentlich auch mehr Platz bräuchte – sprich ein Zimmer wie meins. Doch blöden Bruderneid hat er nicht nötig, schließlich baut er sein Zimmer unterm Dach gerade supergenial aus. Das war sein Weihnachtsgeschenk.

Und das Beste an unserem Haus am Fichtenkamp: Von hier aus bin ich in wenigen Minuten am Habichthof.

Wenn wir nicht so nahe am Stall wohnten, würde ich nie ein Pferd bekommen. In meiner Familie kann sich nämlich niemand für Pferde erwärmen. Mama nicht, Papa nicht und Dani genauso wenig. Der Impuls, der bei normalen Menschen freudiges Bauchkribbeln auslöst, wenn sie vier Hufe sehen, fehlt in unserer Familie total. Vielleicht bin ich ja nach der Geburt vertauscht worden?

Nach zehn Minuten Fahrt sause ich die Einfahrt zum Habichthof hoch.

Zum Hof gehört der weiße Stall mit vierzehn großen Fensterboxen. Links neben dem Stall liegt die Reithalle, außerdem gibt es vier Außenboxen für Privatpferde, wo auch Alpino steht, der Haflinger meiner Freundin Emily. Hinterm Stall erstreckt sich der Sandpaddock, von da geht es auf die Weide. Rechts vom Stall gibt es einen Weg, an dem eine rustikale Giebelscheune liegt, die sich unser Stallbesitzer Lennart »Habi« Habicht als Wohnung ausgebaut hat. Dort lebt er mit seinem kleinen Sohn Johnny. Habi ist alleinerziehender Vater.

Ich überquere den Parkplatz und zische direkt bis vor den Fahrradständer. Mit gekonntem Schwung werfe ich mein Rad in die letzte Lücke, den Rest hat die Nachmittagsreitgruppe bereits erobert.

Mit der Putzbox unterm Arm renne ich zum Eingang. Hoffentlich kann ich Pepper noch putzen, bevor der Reitunterricht beginnt. Heute muss ich ohnehin einen Zahn zulegen. In einer Stunde holt mein Vater mich ab.

Die Stalltür steht weit offen, weil heute der erste sonnige Märztag ist. Die lichtdurchflutete Stallgasse ist erfüllt vom Duft nach frischem Heu und dem gemütlichen Malmen unserer Pferde. Mittlerweile höre ich sogar heraus, wer wie kaut.

Jedes unserer vierzehn Schulpferde könnte ich blind in die richtige Box führen. Ganz vorn auf der rechte Seite, gleich hinter der Sattelkammer, steht Pepper. Daneben Flemming, dann Mounty, Collin, Siri, Piri und hinten, wo es auf den Hof geht, die Fjordpferde Oskar und Halvor. Links liegen die Boxen von Sandro, Bono, Dacapo, Vicky, Galvano und Chico. Bis auf die Fjordies alles Warmblüter: Holsteiner, Hannoveraner, Brandenburger, Westfalen, Oldenburger, Trakehner, Holländer, Tschechen.

In der Sattelkammer hinterm Eingang höre ich Kinder lachen. Sofort sinkt meine gute Laune. Bestimmt hat jemand Pepper kassiert und putzt ihn für den Unterricht. Mit Pech ist meine Erzfeindin Melly Lanz vor mir da und hat sich auf Pepper gestürzt, der dummerweise auch *ihr* Lieblingspferd ist.

Ich schiele in seine Box, die ich vom Anfang der Stallgasse aus sehen kann.

Pepper ist besetzt. Immerhin nicht von Melly, sondern von einer kleinen blonden Göre, die an meinem braunen Lieblingsschulpferd herumschrubbt.

Frustriert schnappe ich mir den Besen und beginne, die Stallgasse zu fegen.

Wenn ich Pech habe, kann ich Pepper nicht mal ein Leckerli geben, bevor Papa mich abholt. Die Verkaufspferde Nummer neun und Nummer zehn warten auf mich. Warum ist das so schwer, ein passendes Pferd zu finden? Wieso gibt mir das Richtige kein eindeutiges Zeichen? Es könnte mir beispielsweise zuzwinkern oder dreimal mit den Hufen scharren. Ist das zu viel verlangt?

Am Ausgang zum Hof kringelt sich ein Rest Heu unter meinem Besen. Ich beuge mich vor. Erkenne ich etwas aus der Lage des Heus? Ein Bild? Eine Zahl? Eine Botschaft? Die Halme liegen wie eine Drei. Drei kann heißen: Das dritte Verkaufspferd war das richtige. Oder: Noch drei Stunden, bis ich mein Traumpferd finde. Oder: Drei Monate. Oder: Drei Jahre. Oder: Drei Ewigkeiten. Drei kann auch bedeuten: Der richtige Verkaufsstall trägt die Hausnummer drei.

Der Habichthof liegt an der Wiesenfeldstraße Nr. 3 . . . Heißt das, ich bekomme meinen Schatz Pepper am Ende doch? Nein, ich habe die Hoffnung aufgegeben.

Seufzend fege ich das Heu mit der rätselhaften Drei über den Hof zum Misthaufen. Ein Frühlingswind weht die Halme hoch und wirbelt sie über den Hof. Bei den Außenboxen kichert jemand mit unterdrückter Lautstärke. Hab ich was verpasst? Schnell lehne ich den Besen an die Mauer und spähe um die Ecke der Stallmauer, wo unsere vier Privatpferde stehen.

Am Ende der schmalen Außenstallgasse stapeln sich Heu- und Strohballen.

Auf einem dieser hohen Strohballen steht Melly Lanz in ihrem kurzen Flatterröckchen und Gloria Tanner hockt mit dem Fotohandy in der Ecke. Die beiden Durchgeknallten. So nenne ich Melly und Gloria, die immer zusammen im Stall auftauchen – leider meistens zur gleichen Zeit wie ich –, was auch daran liegt, dass sie im selben Haus wohnen und darum meistens gemeinsam mit dem Rad zum Stall fahren.

Nicht meine Wellenlänge, die beiden, obwohl wir gleich alt sind. Melly ist mein natürlicher Feind, weil sie genauso auf Pepper steht wie ich. Wenn ich erst ein eigenes Pferd habe, wird sie sich voll auf meinen Liebling stürzen und ich kann nicht mal etwas dagegen tun. Die Vorstellung verursacht mir jetzt schon Magenschmerzen.

Melly zupft an ihrem Saum herum. Sie ist süchtig nach immer neuen Fotos von sich und nutzt jede Gelegenheit, wenn jemand mit einer Kamera in der Nähe ist.

Für mich ist es keine Frage, wen von uns beiden Pepper lieber mag. Ein anständiger Wallach *kann* einfach nicht auf Mädchen stehen, die wie ein verunglückter Weihnachtsengel herumlaufen, mit rotblonden Locken bis zur Taille und

Röckchen aus Spitze und Organza. Melly träumt vom Film und zählt jede Kalorie, damit sie bloß kein Gramm zunimmt. Es könnte ja jemand kommen und sie ansprechen: »Wir machen gerade ein Casting für verunglückte Weihnachtsengel.«

Darum trägt Melly ihre peinlichen Klamotten nicht nur in der Schule, sondern oft sogar im Stall. Mellys Mutter ist auch ganz scharf auf große Auftritte ihrer göttlichen Tochter, darum hat sie ihr sicherheitshalber einen filmtauglichen Namen verpasst. Melanie Scarlett. Das sagt ja wohl alles.

»Jetzt«, sagt Melly und springt mit angezogenen Beinen auf den Gang vor den Boxen. Dramatisch weht der kurze Taftrock hoch.

»Spitzenmäßig«, quietscht Gloria hinter ihrem Fotohandy. Gloria ist genauso durchgeknallt wie Melly, allerdings als Expertin für Computer- und Handyfragen im Stall unverzichtbar. Seit Gloria bei ihrer Einschulung vor acht Jahren den ersten Computer bekommen hat, ist sie ununterbrochen online. Zu Hause besitzt sie mehr Bluetoothgeräte als der Präsident der Vereinigten Staaten. Wenn man irgendwo im Stall einen Daumen auf der Handytastatur sieht, dann hängt garantiert der Arm von Gloria Tanner daran. Ihr Daumen sieht schon aus wie eine krumm gewachsene dicke Futtermöhre.

»Das gibt die schönste Arthrose«, bemerkt unser Stallchef Lennart Habicht gern, wenn er Gloria beim Simsen sieht.

»Überbelastung. Das ist ungefähr so, als würde ein Pferd ständig bei engen Wendungen Fesselgelenk und Huf überlasten. Mit achtzehn stehst du auf dem Gnadenhof, Gloria Tanner.« An Direktheit ist unser Stallbesitzer kaum zu übertreffen.

»Jetzt du«, sagt Melly.

Sorgfältig zerwühlt Gloria die schwarze Gelfrisur und tupft

mit den Fingerspitzen an ihrem dreifarbigen Lidschatten herum. Die hat sie auch nicht mehr alle, diese Gloria Tanner. Morgens um fünf stellt sie den Wecker, um bis sieben mit ihrem Make-up fertig zu sein. Weiß ich von anderen Stallmädchen. Jeden Monat erfindet Gloria ihr Aussehen neu und färbt ihr Haar um. Irgendwann fällt es ihr garantiert büschelweise aus, bei dieser Ladung Chemie. Jedenfalls trägt sie im Moment Schwarz. Im Februar war Aubergine dran. Im Januar Silber. Mit ihrem gruftigen März-Outfit sieht Gloria schon müllig genug aus, nun klettert sie auch noch freiwillig in die gerade geleerte Restmülltonne und streckt den Kopf unter dem Deckel hervor. Sie passt kaum rein. Gloria misst fast eins achtzig, damit überragt sie Melly um einen halben Kopf.

Melly fotografiert.

Ich schieße um die Ecke und ahme den genervten Tonfall von Herrn Habicht nach: »Geht's noch!« Ohne Fragezeichen.

Die beiden laufen knallrot an. Das spornt mich an, noch einen draufzusetzen.

»Lasst euch von Müller-Maring auf Dummkoller untersuchen.«

Dummkoller nennt man eine unheilbare Gehirnkrankheit bei Pferden. Müller-Maring ist unser Tierarzt.

Vor Wut tritt Melly gegen die Mülltonne. Klar, solche Babyfotos für die Internetseite produziert man gern im Verborgenen. Von einer künftigen Pferdebesitzerin lässt man sich schon gar nicht gern beobachten . . .

Finster starren die Durchgeknallten mich an.

»Warum bleibst du nicht gleich drin?«, frage ich Gloria. Provozierend sanft klappe ich mit dem Deckel auf ihrem schwarzen Schädel herum. »Das würde bei dir nicht mal die Müllabfuhr merken.«

Zugegeben, das war schon ganz schön gemein, aber wenn

mir so ein genialer Satz einfällt, muss er raus. Oder ich ersticke daran. Dafür gebe ich mir insgeheim zwei Minuspunkte auf meiner »Fiese-Flora-Skala«, die bis zehn reicht.

Wenn man Fiesheiten selber erkennt, sind sie praktisch nicht geschehen, finde ich. Außerdem können die Durchgeknallten sich wehren.

Mit hoch erhobenem Kopf ziehe ich eine verkeilte Schubkarre aus der Ecke und verschwinde in Richtung Paddock, um Pferdeäpfel aufzusammeln.

Eine knappe Stunde brauche ich dazu und dann muss ich auch schon los, denn mein Handy wiehert. SMS von Papa.

Ich warte auf dem Parkplatz. Komm raus. Papa.

Mit schlechtem Gewissen schleiche ich noch rasch zu Peppers Box. Das blonde Mädchen ist verschwunden. Gut.

Pepper hebt den Kopf über die halbe Tür und schnobert sachte über meinen Hals. Ein großes Vertrauen liegt in seinen Augen.

Mein Gewissen wird noch schlechter.

»Hallo du«, flüstere ich und kraule seine Nüstern. »Ich kann dich wahrscheinlich nicht mehr putzen, wenn ich ein eigenes Pferd habe. Was heißt wahrscheinlich . . . ganz sicher nicht. Findest du das schlimm?«

Pepper legt den Kopf schief. Sanft mustert er mich aus seinen blanken braunen Augen. Ich wünschte, er würde mir dadurch mitteilen: *Macht nichts, liebe Flora, dafür habe ich doch vollstes Verständnis.*

Das hätte ich gern. Dabei weiß ich genau, was Pepper wirklich meint: *Ach, du machst doch nur Witze! Nie im Leben würdest du dir ein anderes Pferd kaufen, wo du doch mich hast! Und nun erzähl mir nichts mehr vom Pferd, sondern rubbel mir endlich die Backen.*

Ich verstehe ihn haargenau. Auch wenn Herr Habicht über meine wörtlichen Pepperzitate schmunzelt.

Vorsichtig nehme ich Peppers großen Kopf und reibe seine Backen zwischen den Handflächen, bis sie glühen. Pepper schließt die Augen und dreht den Kopf genüsslich hin und her. Seine Unterlippe zittert vor Vergnügen.

Sofort geht es auch mir gut. Pepper wirkt auf mich wie ein großes braunes Glückshormon.

»Wenn ich nur eine einzige Wimper von Pepper sehe oder ein Schweifhaar«, habe ich meinen Eltern gesagt, »breitet sich rosa Wärme in meinem Körper aus.«

Rosa Wärme, so etwas geht nicht in die Köpfe von Mama und Papa. Meine knallnüchternen Eltern leben in einem Paralleluniversum, kennen nur Planwahn, Prüfwahn, Ordnungswahn. Echte Freaks. Rosa Wärme können sie sich so wenig vorstellen wie die Temperaturen auf dem Mars.

2.

Ich vermisse Pepper bereits, als ich den Stall verlasse und die Tür zum Parkplatz öffne.

So ist das immer. Wie soll ich je den Spagat schaffen zwischen ihm und meinem neuen Pferd? Ich wäre so gern total glücklich wegen meines ersten eigenen Pferdes, doch ich fühle mich nur halbe-halbe.

Papa drückt leicht auf die Hupe, damit ich unseren VW Passat finde. Dabei kann man einen schneeweißen Wagen wohl kaum übersehen.

»Weiß ist eine Sicherheitsfarbe«, sagt Mama.

Peinlich, sage ich.

Normale Eltern fahren schwarze oder silberne Autos.

Am liebsten möchte meine Mutter, dass ich einen Schimmel kaufe. Sicherheitsfarbe. Noch lieber hätte sie bestimmt ein Pferd in Signalrot mit schwarzem Muster, so wie die Verkehrsschilder für Schleudergefahr oder Gegenverkehr . . . aber das muss erst noch gezüchtet werden.

Papa legt sein Blackberry zur Seite, auf dem er E-Mails beantwortet hat wie immer in jeder freien Minute.

»Kannst stolz sein auf deinen alten Vater«, empfängt er mich triumphierend und schwenkt das Pferdeblatt mit der Anzeige. »Wenn das kein Schnäppchenpreis für ein Galopppferd ist. Superstammbaum.«

Bei seiner offensichtlichen Freude bringe ich es nicht fertig, meinen Vater in seiner Begeisterung zu stoppen, und weiche einer Antwort aus. Ich lasse mich auf den Beifahrersitz fallen und greife nach dem Gurt.

»Denkst du daran, dass Tapir mitkommt, Papa? Er wartet zu Hause.«

Mir ist es egal, was für einen Superstammbaum mein neues Pferd hat. Ich warte nur auf den zündenden Funken. Auf das Kribbeln im Bauch, das ich bei Pepper habe.

Papas Miene verdüstert sich, als er losfährt. Verstohlen mustere ich ihn, wie er schweigend Gas gibt. Warum zum Teufel wünscht er sich ein schickes Rennpferd für mich? Und kein normales, süßes Schulpferd? Wahrscheinlich deshalb, weil er es in jeder Lebenslage gern elegant mag (außer bei unserem Auto, da hat sich Mama mit ihrem Sicherheitstick durchgesetzt). Eleganz ist nicht mein Ding. Andererseits finde ich es gut, dass Papa nie in geschmacklosen Klamotten rumläuft wie andere Väter. Mit meinem Erzeuger kann ich mich sehen lassen, trotz seiner siebenundvierzig Jahre. Sportlich, fast eins neunzig wie Daniel. Braune Haare locker nach hinten. Seine coole randlose Brille stammt von einem ziemlich bekannten Designer. Im Moment kommt allerdings nicht viel von Papas selbstbewusster Eleganz rüber. Seine Kieferknochen malmen und er sieht aus wie ein Schakal, der um seine Beute betrogen wurde.

Logisch, Papa ist enttäuscht, dass ich nicht vor Begeisterung über seine Rennpferdentdeckung quietsche. Ohnehin geht seine Geduld bei meinen zeitaufwendigen Besichtigungen von Pferden allmählich gegen null. Nun hofft er auf fachmännische Unterstützung von Tapir, wie wir unseren genialen Pferdepfleger nennen.

Papa hält vor dem zweistöckigen Mietshaus am Fuchsredder 57, einem roten Backsteinkasten mit bröckelnden Fugen, bei dem der Lack von den Fensterrahmen blättert. Mir gefällt das schrottige Haus, aber natürlich sieht es nicht aus wie die artgerechte Unterkunft für einen Sohn aus einflussreicher Familie – wie Tapir einer ist.

Papa hupt kurz und legt den Kopf in den Nacken, um durch

die Windschutzscheibe Tapirs Fenster unterm Dach zu erspähen.

Zwei winzige Zimmer mit schrägen Wänden bewohnt Tapir dort oben. Das passt nicht, wenn man sein superteures Elternhaus in Hamburg dagegenhält, einen gestylten weißen Nobelschuppen mit hundert Metern knirschendem Kiesweg und Porsche Cayenne davor. Wir sind mal mit dem Rad hingefahren. Meistens stehen breitbeinige Muskelmänner vor Nansens Designerhaus. Tapirs Vater ist nämlich ein Kandidat für fliegende Farbbeutel, denn er hat unglaublich viel Geld gescheffelt. Manche Leute hassen ihn dafür. Tapirs Eltern gehören die Nansen-Werke im Hafen, wo sie Rohre für die ganze Welt herstellen.

Als Papa hupt, öffnet sich im zweiten Stock ein kleines Sprossenfenster und Tapirs schmaler Kopf erscheint. Er wirft seine langen Haare zurück und winkt.

»Ich komme runter.«

Papa lässt die Autoscheibe nach unten surren und hebt kurz die Hand. Mehr ist von ihm nicht zu erwarten, wenn es um Tapir geht. Bei Jonas Nansen, wie Tapir richtig heißt, ist Papa hin- und hergerissen. Er schwankt zwischen Bewunderung wegen des erfolgreichen Vaters und leiser Verachtung, weil Tapir in seinen Augen eine verkrachte Existenz ist.

»Ein Jurist, der Pferdemist wegmacht, ich begreife das einfach nicht«, mosert er lauthals, während er sein Blackberry bearbeitet. »Allein dieser lange Pferdeschwanz, furchtbar, damit kann er ja wohl nur Hamburger Hausbesetzer verteidigen. Und die autonome Szene.«

»Papa!«

»Stimmt doch, Flo. Das sind genau die Typen, die seinem Vater Farbbeutel an den Porsche werfen. Verrückt, dein Tapir lässt sich den Milliardenbetrieb seiner Familie durch die Lappen gehen. Hach, wenn ICH diese Chance gehabt hätte . . .«

Solche Kommentare verabscheue ich zutiefst. Schließlich hat Tapir es zu Hause schwer gehabt. Sein Vater hat ihn von klein auf darauf gedrillt, die Nansen-Werke zu übernehmen und ihn zum Jura-Studium gezwungen. Dabei wollte Tapir immer nur mit Tieren arbeiten. Als er endlich mit der Uni fertig war, rebellierte er, hängte eine Lehre als Tierpfleger an und verzichtete auf die Fettkohle von seinem Herrschervater. Das muss man erst mal bringen. Nun arbeitet Tapir morgens glücklich bei uns auf dem Habichthof und nachmittags unglücklich als Jurist. Weil er im Zoo Zebras, Wildesel und Flachlandtapire betreut hat, haben wir ihm den Spitznamen Tapir verpasst.

Stirnrunzelnd sehe ich ihm entgegen, als er mit seinen braunen Sheriffstiefeln auf unser Auto zustakst.

Ob Tapir mitkommt oder nicht: Den Besichtigungstermin heute können wir uns schenken. Ein Pferd direkt von der Rennbahn – so etwas kann auch nur einem Ahnungslosen wie meinem Vater einfallen!

Tapir steigt hinten ein.

»Hi zusammen.«

Papa knurrt: »Moin Herr Nansen«, und fährt los. Sein Blick nach einer Blitzmusterung des Mitfahrers spricht Bände. Tapir trägt sein Lieblingsteil, die staubfarbene Trägerhose der Goldwäscher von Arizona. So etwas würde mein Vater nicht mal zum Säubern eines Abwasserkanals anziehen.

Ich muss an das Inserat für den Viertausend-Euro-Vollblüter denken. Als könnte Papa meine Gedanken lesen, fängt er erneut mit dem Preis an.

»So ein Pferd für viertausend Euro oder noch weniger, das wäre doch was für dich, Flo.«

»Papa, ehrlich, ich kann kein Rennpferd reiten!«

Tapir schweigt auf dem Rücksitz, aber was er denkt, weiß ich auch ohne Blickkontakt, nämlich: Gut erkannt, Flo Rohde.

»Ach was, man kann alles lernen«, sagt Papa mit Nachdruck.

Ich glaube, insgeheim möchte mein Vater vor seinen Kollegen herumprahlen, dass seine Tochter mit einem Rennpferd durch die Landschaft heizt. Schrecklich, wenn Väter nichts von Pferden verstehen . . .

Sicher reizt ihn der Galopper auch wegen des Zusatzes »VB«. Das bedeutet nämlich Verhandlungsbasis und bei diesem Wort bekommt Papa jedes Mal glänzende Augen, weil er dann den Preis herunterhandeln kann.

Die Fahrt ist kürzer, als ich erwartet habe. Die letzten Kilometer Richtung Lübeck führen über eine schmale kaputte Asphaltstraße. Papa umkurvt die Schlaglöcher und schimpft auf die Regierung.

Als wir den kleinen Hof erreichen, entdecke ich sofort den lang gestreckten Auslauf, auf dem sechs schlanke braune Pferde dösen. Vollblüter können also auch ruhig stehen. Das ist mir neu.

Viertausend Euro sind natürlich viel Geld, aber wirklich nicht teuer für einen fünfjährigen Galopper. Aber ich habe Schiss vor Herz Tuan xx, obwohl ich mich sonst nicht so leicht einschüchtern lasse. Andererseits bin ich auch furchtbar neugierig, weil ich noch nie ein Rennpferd aus der Nähe gesehen habe. Schließlich siegt die Neugier über mein Bauchweh. Zumal mir noch die Worte von Herrn Habicht durch den Kopf schwirren:

»Vollblüter sind Superpferde, sehr menschenbezogen und anhänglich. Und ehrlich und sensibel. Aber frisch von der

Rennbahn kaum nachzureiten. Sie müssen regelrecht zum Reitpferd ausgebildet werden. Da muss man schon ein sehr erfahrener Reiter sein. Rennbahnpferde sind keine Anfängerpferde.«

Während Papa seinen Wagen vor der langen Boxenreihe abstellt, führt ein hagerer Mann einen der schlanken Braunen vom Paddock auf den Hof. Was für ein Pferd! Sehnig und lang schwebt er über das Pflaster. Kein Gramm Fett zu viel. Man sieht ihm den Hochleistungssportler an. Seine Augen registrieren alles.

Der Mann bindet den Braunen an einem Holzpfosten an.

Ist das der Galopper für mich?

Was heißt: für mich? Ich weiß ja jetzt schon, dass der Vollblüter auf keinen Fall im Hänger mit zum Habichthof fährt.

Habi sagt übrigens nur »Blüter«. Das klingt so etwas von fachmännisch, dass ich mir den Begriff sofort angeeignet habe.

Tapir guckt wieder so. Er weiß genau, dass der Blüter nichts für mich ist, aber um meinen Vater nicht zu reizen, hält er den Mund. Mir tut es leid, dass wir Herz Tuans Besitzer etwas vormachen.

Beim Aussteigen drücke ich meine gepolsterte Sicherheitsweste an mich, die ich extra mitgenommen habe, falls Papa mich im Sattel sehen will.

»Für dich?«, fragt der Besitzer Dirk Linde und schüttelt mir als Erste die Hand. »Superpferd, aber auf der Rennbahn zu langsam. Er blieb meistens im letzten Drittel.«

Zu langsam ist für mich immer noch zu schnell, denke ich, aber laut sage ich nur: »Ach was.«

»Was bedeutet eigentlich xx hinter dem Namen?«, will Papa wissen.

»Dass er ein Englischer Vollblüter ist«, sage ich wie aus der Pistole geschossen. »Arabische Vollblüter tragen hinter ihrem Namen ox.«

Dirk Linde lacht.

»Gut gelernt«, sagt er anerkennend. »Stimmt genau.«

Ich muss Papa gar nicht angucken, um zu wissen, was ihm ins Gesicht geschrieben steht: Das hättest du mir auch vorher sagen können, Fräuleinchen, dann hätte ich nicht wie ein Idiot fragen müssen.

Ich bin überrascht, wie ruhig Herz Tuan an seinem Pfosten steht und mich ansieht.

Etwas Faszinierendes geht von ihm aus. Aura nennt man die Ausstrahlung, die Tiere und Menschen unsichtbar umgibt. Ich muss zugeben, dass mein Herz bei seinem Anblick schneller schlägt. Übrigens zum ersten Mal bei einem Verkaufspferd.

Der schmale braune Blüter rührt sich nicht, guckt einfach nur, aber so intensiv, als hätte man Nacktscanner in seine Pupillen eingebaut, mit denen er mir direkt ins Herz schauen kann. Dem Blick kann ich nicht entrinnen. Ich habe das Gefühl, schon nach wenigen Sekunden weiß Herz Tuan alles über mich.

Gefallen würde er mir . . . aber dann drängt sich Peppers Gesicht vor den Kopf von Herz Tuan xx. Peppers verständnisloser Blick, wenn ich mit diesem Edeltier an seiner Box entlangstolziere.

Bye, bye, Schulpferd?

Pepper im Stich lassen – so viele Minuspunkte kann ich mir gar nicht geben auf meiner Fiese-Flora-Skala.

Es hat ja sowieso keinen Sinn mit einem Rennpferd. Ich traue mir ziemlich viel zu – manche behaupten: zu viel – aber ein Galopper ist definitiv fünf Level zu hoch für mich.

»Nun steig doch mal auf«, drängt Papa.

Wenn der wüsste, wie viel PS ein einzelnes Pferd haben kann.

Ich stülpe meine dicke Sicherheitsweste über und folge Herrn Linde in die Reithalle.

Schon das Aufsitzen ist eine Nummer für sich. Kaum habe ich mein Bein über die Kruppe geschwungen, marschiert das Pferd los. Mir ist extrem mulmig zumute. Vorsichtshalber reite ich nur Schritt auf meinem vierbeinigen Ferrari. Das heißt, ich *will* ihn nur Schritt gehen lassen. Doch er tänzelt die ganze Zeit unter mir, als hätten sie ihn mit hundert Liter Super Ultra vollgetankt. Mein Rennpferd kann es kaum erwarten loszustürmen. Das Wort »Tempolimit« ist ihm eindeutig unbekannt.

Nein, diesem temperamentvollen Herzbuben bin ich nicht gewachsen.

Während meine Reithose im glatten Sattel hin und her rutscht, denke ich sehnsüchtig an Pepper. Jetzt erkenne ich noch heftiger, was ich an ihm habe, an meinem gelassenen braunen Schatz. Es macht mich nervös, dass ich hier auf einem klaren Nicht-Kaufpferd sitze, während Melly meine Abwesenheit nutzt und mit Pepper herumschmust.

Ich muss runter!

Zum Glück bemerkt Herr Linde das und bedeutet Herz Tuan aufzumarschieren, was er eilig erledigt. Sein Besitzer greift nach den Zügeln.

»Nichts für ungut, junge Dame, für einen Blüter brauchst du wohl noch ein paar Jahre Erfahrung.«

Netterweise fügt er hinzu: »Herz Tuan ist aber auch als Reitpferd noch nicht zu Ende ausgebildet.«

Ich nicke schnell und mache, dass ich aus dem Sattel komme. Herr Linde übernimmt die Zügel und führt Herz Tuan neben mir her zurück zum Paddock. Ruhig hebt der Galopper den Kopf und sieht mich aus seinen klugen Augen von der Seite an. Was er wohl denkt?

3.

Die ganze Fahrt über ist Papa knurrig, weil aus seinem Galopper nichts geworden ist. Ich glaube, noch mauliger ist er deswegen, weil ich mal wieder recht hatte. In seiner Firma ist Papa nämlich der Bestimmer, aber bei uns zu Hause nicht.

Wir sind unterwegs zum zehnten Pferd. Die Stute namens Venus.

Auf halber Strecke wiehert mein Telefon. SMS von Emily.

Müller-Maring hat Alpino neues Mineralfutter verordnet. Fragst du Herrn Habicht, ob er Alpi jeden Tag etwas ins Futter gibt? BITTE!!! Hdl Emi.

Ich seufze. Gut, Emily ist meine Freundin, aber es nervt schon, dass ich mich andauernd um ihre Angelegenheiten kümmern muss. Seit ihr eigener Haflinger Alpino auf dem Habichthof steht, soll ich ständig Herrn Habicht wegen irgendetwas fragen, weil Emi selber zu schüchtern ist.

Ich simse zurück.

Geht klar. Bin unterwegs zur Pferdebesichtigung. Ciao Flo.

Emily ist eine scheue Maus, gefangen im Körper einer Vierzehnjährigen. Ich fühle mich für sie verantwortlich, seit wir in der Grundschule unseren Apfelsaft geteilt haben. Mit allen Problemen muss Emi allein fertig werden. Ihre Eltern sind leider unbrauchbar, auch wenn das krass klingt. Für Melly Lanz ist Emi leichte Beute, weil sie sich nicht wehrt. Melly wirft ihr Sachen an den Kopf wie: »Wenn du nicht mehr im Stall wärst, würde dich definitiv keiner vermissen.«

Ich könnte kotzen, wenn ich so etwas höre, darum springe ich für Emi ein. Mellys Benehmen grenzt schon an Mobbing, das kann ich nicht einfach so hinnehmen.

Nach einer halben Stunde lässt Papa den Wagen auf dem weitläufigen Hof der Reitanlage ausrollen. Von links und rechts kreuzen Pferde, die zu den drei Reithallen geritten werden. Immerhin hat mein Vater mittlerweile so viel Pferdeverstand, dass er Schrittgeschwindigkeit fährt.

Beim Aussteigen gucke ich in meinem Handynotizbuch nach, wo wir Venus finden.

»Der neue Stall beim Eingangstor. Außenbox mit Einzelpaddock. Zweite Box von vorn.«

Nur eins der vielen Gebäude kommt infrage. Wir steuern den kleinen Paddock an, auf dem eine schwarze Stute steht.

Tapir geht in den Stall, um nach der Namenstafel zu sehen. »Das da draußen ist die Venus«, ruft er durch die Stallgasse. »Hannoveraner Stute. Besitzer Norbert Bergmann.«

Ein wunderschönes Pferd.

Tapir bringt aus dem Stall ein Stück Papier mit und reicht es mir.

»Hing drinnen an der Box.«

Ich entfalte den Zettel und lese vor: »›Liebe Familie Rohde, ich warte im Casino neben der vorderen Reithalle. Norbert Bergmann.‹«

Obwohl Venus noch ihr plüschiges Winterfell hat, schimmert ihr Haarkleid unter der Stalllaterne wie Samt. Wieder klopft mein Herz rascher. Könnte sie das Pferd meiner Träume werden? Gepflegt sieht sie aus, sauber und elegant. Eine echte Dame auf vier Hufen.

Als ich langsam auf die Lady zugehe, hebt Venus den Kopf und versucht, über mich hinwegzusehen. Offenbar nehme ich ihr die Sicht. Ich drehe mich um. Was muss sie denn unbedingt sehen?

Mit sehnsuchtsvollem Blick schaut Venus einer jungen Reiterin nach, die gerade mit federnden Schritten den Hof

Richtung Parkplatz überquert. Als die Frau in blauen Reitsachen ins Auto einsteigt und abfährt, seufzt Venus auf und wendet mir ohne großes Interesse ihren schönen Kopf zu.

Prüfend gleitet ihr Blick über mich. Noch bevor ich den winzigsten Kontakt mit Venus aufnehmen kann, sagen ihre dunklen Augen: Vergiss es.

Ich bleibe einen Meter vor ihr stehen und wundere mich, dass ich nicht beleidigt bin.

Normalerweise kann ich es nicht gut vertragen, wenn ein Pferd mich ablehnt. Man kommt sich vor wie eine miese Ratte. Gedemütigt. Andererseits liebe ich Pferde gerade für ihre Ehrlichkeit. Warum sollen sie die ganze Menschheit mögen?

»So ein schickes Pferd«, sagt Papa.

Mein Instinkt sagt mir, dass die Stute sich als Reiter etwas anderes vorstellt als mich. Jemand wie diese Elfe, die soeben vorbeischwebte. Da hilft kein Drehen und Wenden. Venus hat sich eindeutig gegen mich entschieden. Mama nennt das: Die Chemie stimmt nicht. Das sind merkwürdige unsichtbare Wellen . . .

»Sie will mich nicht, Papa. Die Venus muss ich gar nicht erst satteln.«

Dass die Stute mir so direkt signalisiert, dass zwischen uns nichts läuft, macht mich irgendwie froh.

Papa nicht.

»Woher weißt du das?« Ärgerlich stampft er mit dem Fuß auf.

»Du hast ihn noch nicht einmal angefasst.«

»Sie!«

Irritiert zieht er die Brauen hoch.

»Wie bitte?«

»Sie. Stute. Weiblich.«

»Ach, hör auf. Lenk nicht ab. Woher willst du wissen, dass er – äh, sie – dich ablehnt?«

»Ich weiß es einfach. Bauchgefühl.«

Das ist zu viel für Papa.

»Wenn du allwissend bist«, schnaubt er und rudert mit den Armen, sodass Venus erschreckt den Kopf hochreißt, »dann kannst du sofort in meiner Firma anfangen. Solche Leute brauchen wir in der Versicherung. Oh, Ihr Haus ist abgebrannt? War es Brandstiftung? Ach, das wissen Sie nicht? Kein Problem, da fragen wir meine Tochter, die kann hellsehen.«

»PAPA!«

Frustriert hebt mein Vater die Schultern und wendet sich an Tapir.

»Was meinen Sie denn, Herr Nansen? Will meine Tochter mich veralbern?«

»Aber Herr Rohde«, sagt Tapir sanft. Dann erklärt er Papa, wie wichtig es ist, dass Menschen und Pferde sich voneinander angezogen fühlen.

»Man muss einen Draht zueinander haben. Es ist wie bei Freundschaften unter Menschen. Mancher liegt einem, mancher nicht. Wenn der Bauch NEIN schreit, dann lässt man besser die Finger von dem Pferd. Das wird nichts.«

Danke Tapir.

Doch so schnell gibt Papa nicht auf.

»Aber ich kann doch wohl verlangen, dass meine Tochter sich ein bisschen mehr Mühe gibt, ihn ... sie ... das Pferd kennenzulernen. Flora will ihn ja nicht mal probereiten. Ich kann doch nicht bis in alle Ewigkeit mit ihr herumfahren und nach Pferden suchen.«

Was mir auf Papas Einwände einfällt, behalte ich lieber für mich: Du bist leider eine absolute Null, was Pferde angeht.

Wieso willst du mir die Stute einreden, wenn ich sie nicht will? Und sie mich auch nicht?

Tapir mit seiner feinen humanistischen Bildung erklärt das viel geschickter.

»Ihr Verstand sagt ganz richtig, Herr Rohde, diese Stute sieht prächtig aus und ist ihr Geld wert. Und sie hat sicher ihre Qualitäten.«

Tapir übertrifft sich selber!

»Aber wenn Floras innere Stimme Nein sagt«, redet er weiter, »sollten Sie das akzeptieren. Auch wenn es ärgerlich ist, wenn man erneut einen Weg umsonst gemacht hat.«

»Hm.«

»In Ihrem Beruf werden Sie Bauchentscheidungen misstrauen. Bei Ihnen muss es zwangsläufig um knallhartes Rechnen gehen.«

Papa bewegt seinen Nacken, als fühle er sich unbehaglich. Er kneift die Augen zusammen. Von verkrachten Juristen mit Pferdeschwanz lässt er sich nicht gern etwas über seinen Beruf erzählen.

Tapir muss aufpassen, dass er den Bogen nicht überspannt. »Pferdekauf ist so etwas wie eine Partnersuche«, fährt Tapir munter fort. »Das Pferd muss zu Ihrer Tochter passen.«

»Partnersuche«, hechelt Papa. »Sonst noch was? Diese neumodische Seuche; jeder redet plötzlich vom Bauchgefühl. Das hat es früher nicht gegeben.«

Jetzt lacht Tapir lauthals.

»Doch, Herr Rohde. Wissen Sie, wie man Soldaten früher die Pferde zuteilte?«

»Sie werden es mir sicher gleich sagen.«

»Die Soldaten wurden auf die Koppel geschickt und jeder Mann wartete so lange, bis ein Pferd sich aus der Herde löste und auf ihn zuging. Das wurde dann sein Dienstpferd. Damals hat man den Pferden mehr Bauchgefühl zugetraut als den Reitern.«

»Stimmt das wirklich, Tapir?«, frage ich.

»Logisch.«

Papa ist beeindruckt. Venus offenbar auch, sie hat die ganze Zeit zugehört.

Mein Vater seufzt.

»Ich gehe kurz ins Casino und gebe dem Besitzer Bescheid, dass wir wieder fahren. Was sage ich bloß? Wissen Sie, Herr Bergmann, meine Tochter hat da so ein Bauchgefühl. Flo, du bringst mich in peinliche Situationen.«

Im Großen und Ganzen hat er aber wohl verstanden, was Tapir meint. Glücklich scheint er darüber nicht zu sein. Ich auch nicht, denn tief drinnen weiß ich, dass ich nie ein Pferd finden werde, das mir hundertprozentig gefällt. Eins, dem mein Herz wirklich gehört. Ganz, total, vollständig und bis in den letzten Winkel. Eins, das rosa Wärme verbreiten kann.

»Jedes Pferd vergleichst du sofort mit Pepper«, sagt Tapir, während er meinem Vater nachsieht. »Darum bist du im Kopf gar nicht frei für ein anderes Pferd. Hab ich recht oder hab ich recht?«

Ich nicke nur, weil mir plötzlich ohne jeden Grund die Tränen kommen.

Tapir hat mich durchschaut.

Eine Ecke meines Herzens ist für immer besetzt. Nie wird sich das ändern. Auch wenn das neue Pferd sich auf den Kopf stellt, Doppelsaltos schlägt oder Pirouetten dreht. Mittendrin in meinem Herzen gibt es eine fest verschlossene Geheimtür. Kein Zugang für fremde Pferde. Eine unüberwindliche Tür mit einer Schatzkammer dahinter. Besser gesagt: mit einer Schatzbox, denn dort wohnt ein brauner Wallach namens Pepper.

Ich huste meine Heiserkeit weg und stelle Tapir eine Gegenfrage.

»Wie ist das denn im Zoo? Hängt man da etwa nicht an seinen Pflegetieren?«

»Doch, klar. Ich hatte auch meine Lieblinge. Den kleinen Tomtom zum Beispiel, Flachlandtapir, den kenne ich seit der Geburt. Für ihn gehörte ich zum festen Bestandteil des Zoos. Der Kleine hatte witzige Eigenheiten.« Tapir lacht leise in sich hinein. »Der warf sich flach auf die Seite, wenn ich morgens kam, und wollte tüchtig gekrault werden.«

Während er redet, sucht Tapir auf seinem Handy nach alten Fotos und zeigt mir das Bild von einer grauen Walze mit kurzem Rüssel.

Ich beuge mich über die Aufnahme. Man muss schon einen reichlich schrägen Geschmack haben, um diesem glatten grauen Ding etwas abzugewinnen. Aber Tapir scheint das anders zu sehen, denn seine Augen glänzen wie die eines stolzen Vaters, als er weitererzählt.

»Als Tomtom das erste Mal zum Tierarzt musste, Impfungen und so, hat der Kleine mir das schwer übel genommen, weil ich ihn nicht davor bewahrt habe. Seine Mutter übrigens auch. Eine Woche brauchte ich, um Tomtom mit Weintrauben und Feigen wieder gnädig zu stimmen.«

»Vermisst du ihn nicht?«

»Klar«, sagt Tapir und dann dreht er sich abrupt um und ich frage nicht weiter, weil ich genau weiß, dass er jetzt an die geheime Ecke in seinem Herzen denkt, in der für immer ein kleiner Tapir wohnt.

Als mein Vater am anderen Ende des Hofes in der Casinotür auftaucht, drückt Tapir plötzlich meinen Arm und sagt: »Ich hab eine Idee, wie ich deinen Vater von Pepper überzeugen könnte. Misch dich besser nicht ein.«

Auf der Rückfahrt von Venus' Reitanlage knabbert Papa immer noch an der Absage herum, jedenfalls muffelt er vor sich hin.

Im Grunde ist das nichts Unnormales. Papa wirkt gewöhnlich ziemlich unnahbar. Eine unsichtbare Wand aus Tabellen und Listen und Plänen und Zahlen umgibt ihn. Das Problem ist, dass Papas komische Aura andere Menschen regelrecht zurückprallen lässt. Zum Glück weiß ich, dass er innen drin ganz anders ist. Man muss nur das ganze Zahlengedöns wegschleifen, dann kommt plötzlich ein süßer kleiner Papa zum Vorschein.

Obwohl es im Moment eher so aussieht, als könnte man eine Million Jahre an ihm herumschleifen und er bliebe trotzdem der alte ruppige Oliver Rohde.

Leider sagt Tapir auch nichts. Wartet er auf eine günstige Gelegenheit?

Nachdem wir eine gefühlte Ewigkeit schweigend vor uns hin gebrütet haben, schlägt mein Vater plötzlich mit beiden Handflächen auf das Lenkrad.

»Ich verstehe dich nicht, Flo. Bei Emily gab es doch nicht so ein Theater. Ruck, zuck stand ihr neuer Gaul im Stall.«

Gequält drehe ich mich zu Tapir um. Er guckt zurück, als ob ihn ein Weisheitszahn schmerzt. Unmerklich zwinkert er mir zu und beugt sich zu Papa vor.

»Das können Sie nicht vergleichen, Herr Rohde. Flo muss sich ja für ein wildfremdes Pferd entscheiden. Emily dagegen kannte ihren Haflinger Alpino schon jahrelang. Er stand doch auf dem Ponyhof, wo sie dreimal im Jahr Reiterferien machte. Emily war daher sehr vertraut mit Alpino. So ähnlich wie Ihre Tochter mit Pepper.«

Tapirs Pferdeschwanz fällt ihm über die Schulter und streift Papas Ohr. Papa zuckt zusammen. Sicher aus Angst, er könnte durch die Berührung in einen Pferdefreund verhext werden. Das Ohr reibt er bestimmt nachher mit Sagrotan ab.

»Schon gut«, murmelt er.

Schweigend fahren wir weiter. Papas Kieferknochen malmen, er kaut an einem Problem. Kurz vor dem Habichthof strafft er unvermittelt seinen Rücken und sucht im Rückspiegel Tapirs Gesicht.

»Was ist denn mit diesem Pepper, Herr Nansen?«

BITTE? Papa fängt von sich aus mit Pepper an?

Mein Herz macht einen gefährlich hohen Sprung. Auf einmal rast es wie verrückt. Der Pulsschlag dröhnt in meinen Ohren. Warum kommt plötzlich wieder Pepper ins Spiel? Die Geheimtür in meinem Herzen klappert so sehr, dass ich zu zittern beginne.

Insgeheim taste ich Papas Worte ab. *Was ist denn mit diesem Pepper, Herr Nansen?* Kann ich darin Zeichen für eine Kapitulation sehen? Weicht mein störrischer Vater von seinem trotzigen »Nein« ab?

Aus Papas Gesicht werde ich nicht schlau, er schaut stur geradeaus auf die Straße.

Was bedeutet seine Frage bloß? Und vor allem: Was kann Tapir aus dieser Chance machen?

»Pepper?«, sagt Tapir hinter mir. »Den verkauft Herr Habicht nie im Leben. Ist doch sein bestes Schulpferd.«

Sofort rast mein Herz nicht mehr. Im Gegenteil, es droht auszusetzen. Gleich bleibt es stehen. Furchtbar, die Worte so deutlich gesprochen zu hören. *Den verkauft Herr Habicht nie.*

Wieso sagt Tapir so etwas?

Zuversichtlich sieht er mich vom Rücksitz aus an.

Wollte Tapir mit dem Satz nur Papas Ehrgeiz wecken? Ich schöpfe Hoffnung.

Störrisch schiebt Papa sein Kinn vor. »Das wollen wir doch mal sehen.«

Tapirs Einwand war ein oberkluger Schachzug!

Vor einem halben Jahr hat Papa noch rumgetönt: »Ich kaufe doch kein gebrauchtes Schulpferd!«

Und nun will er sich in den Zweikampf mit Herrn Habicht stürzen?

Ich zucke mit der Nase, um Tapir zu bedeuten, dass ich begeistert bin.

Mein Supertapir, du kennst dich besser mit Jungs aus als ich. Wenn du da einen Stein ins Rollen bringst . . . den Pepperstein sozusagen . . . nie würde ich dir das vergessen, Tapir. Du hättest drei Wünsche bei mir frei. Was heißt drei – hundert!

4.

Nachdem wir Tapir am Fuchsredder abgesetzt haben, fährt mein Vater weiter zum Habichthof. In einer halben Stunde beginnt der Unterricht für die Antiken, wie wir die alten Reiter über dreißig nennen. Habi hat also noch etwas Zeit.

»Ich will jetzt Nägel mit Köpfen machen«, sagt Papa mit entschlossener Stimme, als wir vor der beleuchteten Reithalle einbiegen, wo er den letzten Parkplatz erwischt.

Mein Herz flattert. Ich wage kaum zu atmen. Monatelang sind wir kreuz und quer durch die Gegend gefahren und haben uns Verkaufspferde angesehen. Und plötzlich, von einer Sekunde auf die andere, reicht es Papa. Nun will er, dass sofort Schluss ist.

Eigentlich möchte ich sofort losrennen, als ich die Autotür hinter mir zuschlage. Stattdessen schleiche ich in Zeitlupe auf unseren Stall zu. Wie im Traum, wenn man nicht vorwärtskommt. In der nächsten halben Stunde entscheidet sich mein Schicksal. So sehr ich mich freue, aber Papas plötzlicher Entschluss ist mir fast ein bisschen unheimlich. Es ist alles so unwirklich.

Wie denkt er sich das mit Pepper?

Mein Vater benimmt sich, als würde er einen Einkaufszettel abhaken:

3 Brötchen

2 Melonen

1 Pferd

Als müsste er nur hingehen zu Herrn Habicht, auf Pepper zeigen und der Kauf wäre perfekt: »Packen Sie mir den braunen Holsteiner dort drüben bitte in Geschenkpapier ein.«

Es würde mich nicht wundern, wenn meine Unterlippe bis auf die Zahnreihe durchgekaut wäre, bis wir im Stall ankommen. Ständig muss ich auf der Lippe herumbeißen, so nervös bin ich. Hoffentlich benimmt Papa sich anständig – sonst kann ich Pepper vergessen. Zwischen meinem Vater und Lennart Habicht stimmt nämlich die Chemie nicht. Im Bruchteil einer Sekunde bricht zwischen den beiden das schönste Wortgefecht aus, wenn man nicht aufpasst. Das ist der Grund, warum ich meinen Vater nur in Notfällen mit in den Stall nehme.

Für meine fiese Meinung über Papa – wo er doch so nett ist, mir ein Pferd zu schenken – gebe ich mir zwei Punkte auf der »Fiese-Flora-Skala«.

Zwei Minuspunkte sind genug. Schließlich kaufen meine Eltern mir das Pferd nicht ohne Hintergedanken. Sie benutzen es als Lockmittel, um mich bei der Stange zu halten. Schulmäßig.

»Hoffentlich bleibt das Pferd für dich ein Ansporn, das Gymnasium weiter durchzuziehen«, kommt da auch schon von meinem Vater.

Na bitte!

Meine Eltern haben genaue Vorstellungen, was ich erreichen soll. Notfalls setzen sie dafür größere Preise aus – wie ein Pferd. Vielen anderen auf meiner Schule geht es ähnlich mit ihren Eltern. Außer Emily. Sie hat ihren Haflinger nur deshalb so schnell bekommen, weil ihre Eltern sich nicht um sie kümmern wollen.

Noch glaube ich nicht an ein Happy End.

Obwohl – die Fahrräder von Melly und Gloria sind nirgends zu entdecken. Das werte ich als gutes Omen.

Papa wuchtet die eiserne Stalltür auf.

»Weißt du eigentlich, wie lange ich nicht mehr mit deiner

Mutter im Konzert in Hamburg war?«, fragt er über die Schulter. »Oder mit Dani auf dem Autoübungsplatz? Dein Bruder steht kurz vor der Führerscheinprüfung. Das geht nicht so weiter, dass wir Woche für Woche unsere freien Tage vergeuden, um Pferde zu testen.«

»Ist aber doch spannend, andere Reitställe anzugucken, Papa.«

Mich nervt das Herumfahren nicht. Allerdings vermisse ich es auch nicht, mit Mama ins Konzert zu gehen. Oder mit Dani zum Autoüben.

Mit welchen Nebensächlichkeiten Leute sich aufhalten können. Ich habe ganz andere Befürchtungen. Wirklich tief gehende.

Mich befällt nämlich soeben die Sorge, dass Melly Lanz heute vielleicht mit dem Bus hier ist und nun doch in Peppers Box herumhängt. Wenn die mitkriegt, dass Pepper und ich ein Traumpaar werden, schleift sie sofort ihre furchtbare Mutter als Verstärkung herbei.

Die Lanz ist der Schrecken der Stallgasse. Obwohl sie gar nicht reitet, hängt sie ständig bei uns herum. Um jeden Preis muss sie ihren Willen haben, diese herrschsüchtige Kuh. Jede Wette, die Lanz-Bande setzt Habi unter Druck.

Ich sehe Frau Dr. Lanz schon vor mir, wie sie sich mit den Händen durch ihre blondierten Haare fährt und die Verzweifelte spielt ...

»Sie dürfen Pepper nicht an diese Flora Rohde verkaufen, Herr Habicht. Sie wissen, wie sehr Melanie Scarlett an ihm hängt. Das Kind würde die Trennung nicht verkraften.«

Dabei könnte sie ihrer blöden Melly selber ein Pferd kaufen, wenn sie nicht ihr ganzes Geld für einen limonengrünen Jeep ausgegeben hätte. Die schweineteure Panzerkarre braucht sie als Schutz vor Katastrophen, sagt Dr. Lanz, weil die Welt schlecht ist. Wenn ich nicht definitiv wüsste, dass die Lanz Psychologin mit eigener Praxis ist, würde ich sie für die durchgedrehte Exfrau eines Geldsacks halten. Ist sie aber nicht. Ihr ausgefallener Jeep nennt sich in der Werbung *König des Berglandes* – das sagt ja wohl alles über die Lanz-Meise. Wo wir mitten in der platten norddeutschen Tiefebene wohnen und nicht im Hochland von Peru.

Jedenfalls steht fest, dass Frau Dr. Lanz jeden Trick kennt, um unserem Habi die Hölle heiß zu machen. Sie und Melly können auf Kommando losheulen. MIT TRÄNEN. So einen Auftritt musste der ganze Stall im letzten Juli miterleben. Da hat die Lanz-Gang so lange geweint, bis Melly beim Gruppenausritt meinen Pepper reiten durfte. Und ich guckte in die Röhre. Wir hätten zumindest eine Münze werfen können, das wäre gerechter gewesen.

Vorsichtig spähe ich in die Stallgasse. Aus einigen Boxen dringen Frauenstimmen. In den Boxen von Collin, Siri, Mounty und Flemming erkenne ich ein paar Antike. Und hinten bei den Fjordies Oskar und Halvor wird gelacht. In Peppers Box steht niemand. Auch keine Melly Lanz. Sehr gut.

Augenblicklich lässt das Rumoren in meinem Magen nach. Pepper hat also die nächste Stunde frei. Mein Wallach scheint das zu wissen, denn er beugt sich entspannt über sein frisches Stroh.

Als ich seine Tür öffne, hebt er den Kopf, grummelt erfreut und dreht sich in der Box um. Er nimmt den Hals herunter und begrüßt mich auf die süßeste Weise der Welt. Mit seinen weichen Nüstern schnobert er über meinen Arm.

Ach Pepper, dafür liebe ich dich! Für deine punktgenaue Vorstellung unserer Romeo-und-Julia-Geschichte . . . du weißt genau, wann es darauf ankommt.

Und jetzt *kommt* es darauf an.

So eine herzzerreißende Begrüßung muss Papa regelrecht umfegen. Dass dieses Pferd das einzig Wahre für seine Tochter ist, kann er wohl kaum übersehen. So eng, wie Pepper und ich miteinander sind! Zwischen uns passt kein Strohhalm.

Aber statt genau das auszusprechen, kommt nur von ihm: »Was ist denn an diesem Tier besser als an allen anderen Pferden?«

Frustriert lasse ich die Schultern fallen. Für ihn sieht ein Pferd aus wie das andere.

Von sämtlichen Pferden auf diesem Planeten hat Papa dieselbe Meinung: Vorne beißen sie, hinten treten sie und nach allen vier Seiten fallen sie steil ab.

»Ach Papa.«

Ich hake ihn unter und himmle ihn an. Sicherheitshalber, falls er sich die Sache wieder überlegt.

»Ich kenne Pepper so gut. Du weißt doch: rosa Wärme ...«

»Rosa Wärme! Meine Güte, Flo, du bist fast vierzehn!«

Ich kenne seine empfindliche Stelle und gebe zurück: »Hättest du lieber einen zweibeinigen Freund für mich?«

»Der Himmel bewahre!« Papa seufzt. »Also dann: Wenn es ein Schulpferd sein muss, in Gottes Namen.«

In der Mitte der Stallgasse beugt sich Lennart Habicht über einen Großballen und zieht das Netz vom Stroh herunter. Garantiert hat er Papa längst erkannt und hofft, dass er ihn nicht in ein Gespräch verwickelt.

Papa macht sich groß und steuert mit weit ausholenden Schritten auf Habi zu.

Ich gehe hinter meinem Vater. Was heißt gehen: Federleicht wie eine Ballerina auf Spitzenschuhen tanze ich über die Stallgasse. Alles in mir kribbelt und vibriert. Wunderbare rosa Wärme breitet sich in meinem Körper aus. Wenn ich nachher den Stall verlasse, heißt Pepper vielleicht schon Pepper Rohde.

Habi arbeitet stur vor sich hin und blickt erst hoch, als Papa unmittelbar vor ihm steht. Schweigend nimmt er die schwarze Baseballkappe ab und und fährt sich über den kahl rasierten Kopf.

Papa schiebt die Hände in die Hosentaschen.

»Sie wissen ja, dass wir ein Pferd für meine Tochter suchen.«

Herr Habicht setzt seine Kappe wieder auf und rückt sie langsam zurecht. Er mustert Papas dunklen Office-Anzug, der so gut in eine Stallgasse passt wie ein Mercedes auf eine Go-Kart-Bahn.

»Haben Sie das Traumpferd endlich gefunden?«

Es ist nicht Papas Art, lange um den heißen Brei herumzureden.

»Meine Tochter will Pepper. Das Schulpferd dort drüben.«

Er zeigt auf Peppers Box.

Ich nehme mir vor zu schweigen und presse die Lippen aufeinander. Die Chance ist zu groß, etwas Falsches zu sagen.

Lennart Habicht holt Luft.

»Sie sind aber mal direkt.«

»Das spart Zeit«, antwortet Papa.

Breitbeinig stehen sie sich gegenüber, beide stemmen die Hände in die Hüften, ihre Ellenbogen stehen weit vom Körper ab. Mit hochgereckten Köpfen mustern sie sich.

Ich platze fast vor Lachen.

Die beiden können einfach nicht normal miteinander reden. Neulich hat Mama mir unter vier Augen etwas anvertraut.

»Papa fühlt sich zwischen den Pferden unsicher und versucht, das durch große Auftritte zu vertuschen.« Sie findet das normal – wegen der männlichen Hormone. »Die stacheln jeden Mann an, sich vor anderen wichtig zu machen. Da muss man nachsichtig sein als Frau.«

Nett gemeint von Mama, mir Nachhilfeunterricht über Imponiergehabe zu geben. Aber darüber muss mir keiner etwas erzählen.

Imponierverhalten sehe ich schließlich täglich auf der Weide, wenn die männlichen Pferde sich groß machen und mit erhobenen Köpfen aufeinander zutraben. Wie sie einander mit angelegten Ohren umkreisen, um die günstigste Angriffsposition zu erlangen. Wie sie in die Knie gehen, um ihre Beine vor Bissen zu schützen. Wie sie dramatisch steigen. Und statt bissige Worte zu tauschen wie Menschen, versuchen Pferde, sich gegenseitig durch echte Bisse in Hals und Widerrist zu Boden zu zwingen. Erst wenn ein Pferd die Flucht ergreift, ist der Kampf um die Führung entschieden. Meistens passiert nicht viel bei diesen ruppigen Spielen. Gefährlich wird es nur, wenn beide Pferde fast gleichrangig sind und keiner aufgeben will.

So eine Situation scheint mir zwischen Papa und Habi zu herrschen. Jeder hat seine Stärken, nur steht Herr Habicht sozusagen auf der eigenen Weide. Heimvorteil für ihn. Habi senkt seine Stimme.

»Ist besser, wenn nicht der halbe Stall zuhört. Wenn es um Schulpferde geht, verbreiten sich schnell die wildesten Gerüchte. Stimmt's, Flo?«

»Absolut.«

Als er sich wieder an meinen Vater wendet, schleicht Emily hinter mir vorüber und schiebt mir ein Päckchen zu.

»Denkst du an das Mineralfutter für Habi?«, wispert sie ängstlich.

»An nichts anderes«, sage ich und klemme den Karton unter den Ellenbogen.

Ich sehe Emily nach, wie sie mit gesenktem Kopf über die Stallgasse zum Ausgang flitzt. Wenn ich mich nicht um Emi kümmere, geht sie ein.

Für meinen Botendienst gebe ich mir in Gedanken acht Punkte auf meiner »Feine-Flora-Skala«.

Irritiert unterbricht Habi das Geflüster. Ihm entgeht nichts. Ich reiche ihm das Mineralfutter.

»Alpino soll das Zeug sechs Wochen lang fressen, Herr Habicht. Würden Sie das bitte jeden Morgen ins Futter mischen?«

Abwesend nickt er und greift nach der Packung.

Dann sagt er zu meinem Vater: »Kommen Sie doch mit in mein Büro, Herr Rohde. Ich habe leider nicht endlos Zeit, in zwanzig Minuten beginnt der Unterricht.«

Einen Moment zögert Papa, dann klopft er mir auf die Schulter und sagt: »Warte hier, ist besser, wenn wir das unter Erwachsenen besprechen.«

Gerade will ich empört aufjaulen, da sind die beiden schon hinter der Feuerschutztür zum Büro verschwunden.

»Mist!«

Wütend bücke ich mich nach einem herumliegenden Hufkratzer und schleudere ihn gegen die Tür. Wie behandeln die mich? Ich muss draußen bleiben. Wie ein Hund vorm Supermarkt. Sitz, Flora. Fehlt nur noch, dass sie mir einen Trinknapf hinstellen.

Mit beiden Händen umklammere ich die Boxenstäbe und spreche mit Pepper.

»Was hecken die da drinnen nur aus?«

Mit einem Auge schielt mein Freund zu mir nach hinten, grunzt kurz als Zeichen, dass er mich zur Kenntnis nimmt, und mampft weiter.

Wieso stehe ich hier untätig herum, während nur zehn Pferdelängen weiter über meine Zukunft entschieden wird? Das Geheimgespräch hinter verschlossenen Türen lässt mir keine Ruhe. Ich muss hören, was sie sagen, um notfalls eingreifen zu können.

Ich laufe nach draußen und drücke mich an der Außenwand entlang bis unter das gekippte Bürofenster, wo ich mich auf die Knie fallen lasse. Die Erde fühlt sich kühl an. Ist ja erst März. Feuchtigkeit kriecht durch die Reithose. Hoffentlich bemerkt Papa nachher die dunklen Flecken nicht, sonst reimt er sich zusammen, dass ich gelauscht habe. Er kennt mich leider ziemlich gut. Ihn zu überlisten, ist Schwerarbeit. Mein Vater ist das Misstrauen in Person, ist ja schließlich sein Beruf. Wäre er nicht Revisor geworden, könnte er eine steile Karriere als Wachhund machen . . .

Weil ich drinnen nichts höre, hänge ich meinen Gedanken nach.

Meine Eltern sind manchmal schwierig. Ohnehin verlangt Papa ständig, dass ich mir überlege, warum ich etwas will. Aber seit der Sache mit dem versprochenen Pferd ist es noch schlimmer geworden. Bevor wir anfingen zu suchen, musste ich eine Liste anlegen: »Warum ich ein eigenes Pferd möchte.« Mit sechs guten Gründen. Das muss man sich mal vorstellen.

War natürlich kein Problem für mich.

Liste: »Warum ich ein eigenes Pferd möchte«

1. Weil ich reiterlich weiterkomme.
2. Weil ich diese demütigende Abhängigkeit nicht mehr ertrage.
3. Weil ich mir die Reitstunden besser einteilen kann, wenn wir in der Schule Nachmittagsunterricht haben.

4. Weil ein eigenes Pferd mein größter Wunsch ist, seit ich mit dem Reiten begonnen habe. Mein Interesse daran war nicht nach zwei Monaten vorbei wie bei meinen Tennis- und Klavierstunden.
5. Weil ein Pferd immer für mich da ist, wenn ich mich mit Freunden verkracht habe.
6. Weil ein Pferd Ruhe ausstrahlt und rosa Wärme verbreitet.

Ich bin sogar auf acht verteufelt gute Gründe gekommen:
Punkt 7: Um Melly Lanz und ihrer blöden Mutter das Maul zu stopfen.
Punkt 8: Um ein Lebewesen in der Nähe zu haben, das nicht unaufhörlich plant, prüft und Listen anlegen lässt wie meine Eltern.

Die letzten beiden Punkte habe ich gestrichen.

Als ich die Liste schrieb, fand ich es eigentlich sogar ganz witzig, über alles nachzudenken und gute Gründe zu finden. Natürlich gebe ich das nicht zu. Sonst bricht bei uns zu Hause ein Listenwahn aus und ich muss bald für jede Knopfbatterie eine schriftliche Begründung einreichen. Mit Eltern kann man nicht vorsichtig genug sein.

Endlich tut sich etwas im Büro. Es gluckert, als ob Kaffee oder Wasser eingegossen wird. Kurz darauf erhasche ich ein paar leise Brocken von Habi. Dann dringt nichts mehr nach draußen. Umkreisen die beiden sich gerade wie zwei Hengste vor dem Kampfspiel? Liegt einer bereits am Boden?

Aber dann . . .

»Sie wollen mir doch nicht erzählen, dass ein Schulpferd siebentausendfünfhundert Euro wert ist?«, bellt Papa.

Siebentausendfünfhundert Euro?

Das hätte ich nicht gedacht. Mehr als der Blüter. Mehr als

die elegante Venus. Obwohl mein Schatz natürlich jeden Preis der Welt wert ist – aber ob Papa das wohl auch so sieht? Nennt Herr Habicht diese Summe nur, um Papa zu verschrecken? Tapir meint ja, Habi will Pepper überhaupt nicht verkaufen.

Geizig ist Papa nicht – allerdings muss er immer das Gefühl haben, das Geschäft seines Lebens zu machen. Was ich mir alles von ihm anhören musste! Mama behauptet zwar, er wollte mich damit nur aufziehen, aber mal ehrlich – ich fand's nicht besonders witzig:

»Am liebsten hätte ich drei Pferde zum Preis von einem.«

Oder: »Gibt es keine Rotstiftaktion? Hengste mit kleinen Fehlern zum Mitnahmepreis?«

Oder: »Warum veranstalten die Holsteiner Züchter keinen Winterschlussverkauf?«

»Und überhaupt – was ist mit Ebay?«

Davon träumt mein Vater wahrscheinlich wirklich: Bei Ebay bis zur letzten Minute warten und dann blitzartig zuschlagen. Drei, zwei, eins . . . meins. Bloß, dass es keine Pferde bei Ebay gibt. Das ist glaube ich sein größter Kummer.

Weil keine Antwort von Herrn Habicht kommt, nehme ich an, dass er nach Papas Vorderfußwurzelgelenk schnappt. Um ihm zu imponieren.

Es geht weiter. Papas Stimme.

»Die Pferdezeitschriften stehen voll mit billigeren Pferden. Viertausend, fünftausend Euro. Massenhaft.«

Habi kontert: »Aber offenbar war für Ihre Tochter nicht das richtige dabei.«

»Was soll denn an diesem Pepper so teuer sein? Der ist schon neun, das ist nicht gerade jung. Die anderen Verkaufspferde waren erst vier oder fünf. Die halten viel länger.«

Ich greife mir an den Kopf.

»Oh Papa! BITTE! Rede nicht so einen Müll«, murmele ich unter meinem Bürofenster, aus dem Habis lang gezogener Seufzer dringt.

So klingt es, wenn sich ein müdes Pferd aufstöhnend ins Stroh fallen lässt. Und müde ist Habi bestimmt. Müde, den Leuten immer wieder dasselbe zu erzählen.

Ständig muss Herr Habicht wiederholen, dass gute Schulpferde nicht auf Bäumen wachsen. Dass ein Pferd wie Pepper alles erfüllt, was ein Lehrpferd so genial macht. Es mag Menschen, kommt mit vielen unterschiedlichen Reitern klar, ist gelassen, freundlich, gesund, greift andere Pferde auf der Weide nicht an, gibt brav die Hufe beim Schmied, lässt sich gut reiten, ist im Gelände eine Lebensversicherung, geht Dressur und kann ein bisschen springen. Nimmt falsche Hilfen der Anfänger nicht krumm. Und mit neun Jahren hat ein Pferd wie Pepper genau das richtige Alter als erstes Privatpferd einer jungen Reiterin.

»Wenn Pepper privat wird«, sagt Herr Habicht, »bleiben womöglich etliche Reitschüler weg und suchen sich einen neuen Stall. Aus Enttäuschung, weil sie ihren vierbeinigen Liebling nicht mehr reiten können.«

Papa: »Sie wollen sagen, dass Sie weniger verdienen, wenn dieser Pepper nicht mehr zur Verfügung steht?«

»Genau so ist es. Für einen wie Pepper findet man schwer Ersatz. Da muss ich viel durch die Gegend fahren und suchen. Im Grunde müsste ich zehntausend Euro für so ein gutes Pferd nehmen.«

Sie wechseln noch ein paar Sätze, aber die Verhandlung stockt irgendwie.

Keiner lenkt ein. Mein Herz wird bleischwer. Das klingt nicht gut.

An Habis Stelle würde ich Pepper auch nicht verkaufen, wenn ich ehrlich bin.

»Ich muss dann mal los«, sagt Herr Habicht, begleitet von polternden Stuhlbeinen. »Der Reitunterricht, Sie verstehen ...«

Die beiden sind kein Stück weitergekommen.

Ich springe auf die Füße und sause durch die Grünanlagen zurück. Als ich die Stallgasse erreiche, geht gerade die Bürotür auf.

Es würde mich nicht wundern, wenn Papa und Habi nach ihrem Imponierkampf blutend heraustraten.

»Wo sind die Bisswunden?«, frage ich süffisant.

Verständnislos starren beide mich an. Nach ein paar Sekunden kapiert Habi meinen Spruch und grinst. Allerdings etwas schief.

Demonstrativ schnipst mein Vater ein paar Flusen von seinem Anzug.

»Wir gehen.«

Schnell versuche ich, noch einen letzten Blick von Pepper zu erhaschen, aber vor seiner Box haben sich zwei Antike aufgebaut. Mit lächerlicher Babystimme buhlen sie um seine Zuneigung: »Wo ist denn unser süßer Spatz?«

Widerlich.

Herr Habicht hebt stumm die Arme, was wohl so viel heißen soll wie: Bei so viel Sturheit kann ich auch nichts tun.

5.

Während wir nebeneinander über den unbeleuchteten Parkplatz gehen, poltert Papa los: »Ich denke nicht daran, für ein Schulpferd mehr zu zahlen als für ein Rennpferd wie Herz Tuan xx.«

Ich schweige beharrlich.

Als wir vor unserem Wagen stehen, öffnet Papa die Heckklappe.

»Pack dein Rad hinten rein. Wir können zusammen nach Hause fahren.«

Papa bietet mir seinen Wagen an? Für mein Fahrrad, an dem jede Menge Schmutzkrusten haften? Wo er andauernd panische Angst um seinen kostbaren Autolack hat? Klarer Fall, Papa will etwas gutmachen. Nämlich, dass er sich vor Herrn Habicht wie ein Hengstrivale aufgespielt hat.

»Lass mal, Papa. Die paar Meter bis zu uns.«

Die zehn Minuten bis zum Fichtenkamp brauche ich für mich allein, um meine rotierenden Gedanken zu sortieren.

Mein Vater grunzt etwas, als ich meine Putzbox auf den Gepäckträger klemme.

»See you at home«, sage ich und springe aufs Rad, um vor ihm vom Hof zu kommen.

Abendwind fährt durch meine Haare und streicht mir kühl über die Stirn. Abkühlung hat mein Kopf dringend nötig, denn unter meiner Schädelplatte tobt die Hölle.

Mein Vater überholt mich und blinkt mit der Lichthupe. Ich starre dem weiß leuchtenden Wagen hinterher.

Ich bin unglaublich nahe dran an meinem Traumpferd. Wie nutze ich nur Papas plötzliche Kehrtwendung hin zu Pepper?

Mir muss dringend etwas zu dem idiotischen Preisgehabe einfallen.

Ich könnte mein Pferdesparbuch plündern. Im Januar waren tausendachthundert Euro und sieben Cent drauf. Für mehr als zweieinhalb Pferdebeine reicht das nicht. Aber wenn ich Papa anbiete, mein eigenes Geld dazuzulegen, müsste er eigentlich weich werden und Pepper kaufen. Natürlich spekuliere ich darauf, dass Mama mich zurückhält.

»Das Kind hat nicht jahrelang jeden Euro gespart, damit wir ihr das ganze Geld für das versprochene Pferd wieder abknöpfen.«

Bei Papa bin ich da nicht sicher. Ich fürchte, er wird zugreifen und behaupten: »Aus erziehungstechnischen Gründen.«

Am besten bringe ich das Sparbuch erst einmal nicht zur Sprache. Das soll die Notreserve für mein Pferd bleiben. Allerdings kann es passieren, dass Papa ohne mein Geld die Lust an Pepper verliert. Dann bin ich selber schuld, wenn ich ihn nicht bekomme.

Ich biege in den Fichtenkamp ein und habe immer noch keine Idee.

Wenn das Gerücht im Stall die Runde macht, dass Herr Habicht Pepper möglicherweise verkauft, steht blitzschnell Mellys Mutter auf der Matte und will meinen Schatz für ihre Tochter haben. Meine Eltern behaupten zwar, eine Psychologin wie Mellys Mutter würde nicht reich mit ihrer Arbeit. Daran muss etwas sein, sonst hätte das Lanz-Duo sich Pepper längst unter den Nagel gerissen.

Aber mal angenommen, ein stinkreicher Scheich mit einer schweren Meise legt sich bei Dr. Dorothee Lanz auf die Couch. Was ist, wenn sie ihn von seiner Macke heilt? Der Saudi lässt glatt als Dank einen Sack Öldollar da. Schwups, ist mein Pepper weg.

Zu Hause drehe ich den Türschlüssel nahezu lautlos um. Unbemerkt ins Haus zu kommen, ist meine Spezialität. Manchmal fange ich dabei ein paar Sätze auf, die nicht für mich gedacht sind. Unsere Eingangsdiele mit dem hohen Fenster zum Vorgarten und dem Mauervorsprung neben der Tür ist geradezu ideal zum versteckten Lauschen. Die Diele ist ein quadratischer Raum mit Essecke, aus der eine Holztreppe nach oben führt. Neben den Stufen steht ein runder Tisch mit vier lederbezogenen Stühlen.

Im hellgrauen Office-Hemd sitzt Papa mit dem Rücken zu mir und gießt sich eine Tasse Tee ein.

»... bei der Stute stimmte die Chemie nicht«, informiert er gerade meine Mutter.

Und dann spricht er nach einem tiefen Seufzer die sensationellen Worte: »Läuft wohl doch auf dieses Schulpferd hinaus.«

Mein Herz tanzt.

Ist mein Vater zur Vernunft gekommen? Gibt es das, Sekundenheilung fürs Gehirn?

Mama dreht sich um. Sie hat mich gehört, springt auf und umarmt mich.

»Das ist ja toll, Flo.«

Sie drückt mich an sich, bis ich kaum noch Luft bekomme.

»Bei Pepper müssen wir uns wenigstens keine Sorgen machen, wenn du unterwegs bist.«

Mama freut sich mit mir. Erwähnt nicht einmal meine Jacke, die ich achtlos auf den Stuhl geworfen habe. Ist jetzt alles klar?

Zu früh gefreut, denn da nörgelt mein Vater schon wieder los: »Aber der Preis stimmt nicht. Siebentausendfünfhundert Euro will Habicht für das gebrauchte Tier haben. Der hat sie doch nicht alle.«

Meine Mutter wiegt den Kopf.

»Findest du das zu viel?«

Schon explodiert er wieder.

»Sieben fünf für ein gebrauchtes Pferd? Aber Julia! Dafür kann ich mir ja ein halbes Dutzend ultraflache LED-Fernseher mit eins zwanzig Bilddiagonale kaufen.«

Stimmt, bloß kann man auf sechs ultraflachen Fernsehern nicht reiten. Nicht mal bei ein Meter zwanzig Bilddiagonale.

Papa mit seinen unterirdischen Vergleichen.

Mit spitzen Fingern hebt er meine Jacke an und hängt sie auf den Kleiderständer.

Dann sucht er in unserem mustergültig aufgeräumten Flurschrank gegenüber der Treppe nach irgendetwas und kehrt mit einem Taschenrechner zurück.

»Zweitausendfünfhundert mehr als geplant, das will mir einfach nicht in den Kopf gehen.«

Was hat er vor?

Papas Finger huschen über die Zahlentasten.

Leicht gereizt erkundige ich mich: »Willst du den Preis pro Kilo ausrechnen? Nur zu, Pepper wiegt fünfhundert Kilo.«

Ich lege den Kopf in den Nacken und rechne selber.

»Pepper kostet fünfzehn Euro pro Kilo. Das ist doch geschenkt, wenn man bedenkt, wie teuer deine Rindersteaks sind.«

»Dass du als Tierfreundin solche makaberen Scherze machen kannst«, knurrt mein Vater. »Sag mir lieber, wie alt so ein Pferd wird, damit ich vernünftig planen kann.«

»Für deine Kosten-Nutzen-Rechnung? Du willst ausrechnen, wie viel eine Reitstunde kostet, wenn . . .«

»Das Alter!«

»Davon hast du doch nichts, Papa. Ich sage dir lieber, wie lange ich Pepper garantiert reiten kann. Zehn Jahre mindestens.«

Papa rührt so brutal in der Tasse, dass ich Angst um das Porzellan habe.

»Schreckliche Vorstellung«, stöhnt er, »so viel Geld zum Fenster hinauszuwerfen. Zwei fünf mehr als nötig.«

»Pepper ist jeden Cent wert«, protestiere ich.

Mama nickt mir zu. Sie steht auf meiner Seite. Seit sie bei ihrer Sparkasse undurchsichtige Geldanlagen verticken soll, leidet sie wie ein Hund. Das widerspricht nämlich ihrer Auffassung von einer guten Bankkauffrau. Ständig möchte sie woanders wiedergutmachen, was sie in ihrem Job gezwungenermaßen verbockt. Jetzt hat sie eine Chance. Herr Habicht braucht jeden Euro und Mama weiß das. Für die Pferde. Und für seinen kleinen Sohn Johnny, den seine Frau zurückgelassen hat, als sie vor Jahren mit einem anderen Kerl verschwunden ist.

»Flo hat sich dieses Schulpferd wieder und wieder gewünscht, Oliver. Ganz beharrlich. Das musst du zugeben.«

Papa behält sein aufsässiges Protestgesicht. Das Mienenspiel kenne ich von Pepper, wenn er bei Melly eine Hinterhandwendung machen soll, aber nicht will.

Trotzig kneift Papa die Augen zusammen.

»Mich schmerzt das zusätzliche Geld.«

Über die Tischplatte langt meine Mutter zur Kanne und greift nach den baumelnden Teebeuteletiketten. Über Kopf liest sie den aufgedruckten Text.

»Mal sehen, ob uns die Teebeutel weiterbringen.«

Ich springe aus dem Sessel. Wer weiß, was Papa aus den aufgedruckten Sprüchen heraushört! Er hat eine einmalige Gabe, alles in seinem Sinne zu verdrehen.

»Spinnt ihr jetzt alle? Ihr könnt doch nicht mein Leben von einem Teebeutelspruch abhängig machen.«

»Hör doch erst mal zu.«

Mama lächelt fein.

»Zwei Schillerzitate. Das erste ist für dich, Oliver: ›Kurz ist der Schmerz und ewig ist die Freude!‹ Verstehst du? *Und ewig ist die Freude!* Der andere passt für Flo: ›Was man nicht aufgibt, hat man nie verloren.‹«

Die Teebeutel sind auf meiner Seite.

»Siehst du, Papa.« Triumphierend proste ich ihm mit der Teetasse zu. »Sag endlich Ja.«

Statt zu antworten, beugt Papa sich über den Taschenrechner. Leise klacken die Tasten. Papa in seinem Element. Dann lehnt er sich zurück und wedelt mit dem flachen Plastikteil.

»Wenn du das teure Tier zehn Jahre reitest, kostet es umgerechnet zwei Euro und fünf Cent pro Tag. Bei fünftausend Euro Kaufpreis würde es aber nur einen Euro siebenunddreißig kosten. Ein Unterschied von achtundsechzig Cent. Tag für Tag.«

Es verschlägt mir jedes Mal die Sprache, zu welchen abstrusen Rechenleistungen Papa fähig ist. Wofür soll das gut sein? Wird er mich jeden Morgen mit der Nase auf die achtundsechzig Cent stoßen, falls es mit Pepper klappen sollte? Ich muss ihm den Wind aus den Segeln nehmen.

Ist jetzt der Zeitpunkt, mein Sparbuch anzubieten? Absolut. Gerade will ich die tausendachthundert Euro zur Sprache bringen, da kommt mir ein grandioser Geistesblitz.

»Gut, das sind knapp fünf Euro in der Woche. Dann verzichte ich halt zehn Jahre lang auf mein Taschengeld. Also auf den Teil, den ich für Süßes und Kino und so bekomme. Dann könnt ihr Pepper kaufen und macht sogar noch Gewinn dabei.«

Papa ist verblüfft, dass seine Tochter trotz der galaktischen Rechenschwäche solche Ergebnisse präsentiert. Er sucht nach einem Haken. Und findet ihn.

»Das würde bedeuten, dass du mit vierundzwanzig immer noch Taschengeld von uns bekommst«, kontert er. »Deine Idee ist ja im Ansatz witzig, aber du verkennst den Ernst der Lage.«

Höchste Zeit, einen weiteren Joker auf den Tisch zu werfen. Ich habe keine Wahl, alles muss raus. Auch gewagte Halbwahrheiten, um das Wort Flunkerei zu vermeiden. Ich bringe Mellys Mutter ins Spiel, Frau Dr. Lanz. Für meinen Vater ist sie ein rotes Tuch. Mit ihrem Namen muss ich nur ein wenig vor seiner Nase wedeln, um den Stier in meinem kleinen Papa zu wecken.

»Wenn wir uns nicht bald entscheiden, kauft Frau Lanz Pepper.«

Papas Auflachen klingt schrill und ungläubig.

»Frau Dr. Lanz soll ein Pferd kaufen? Wovon denn? Viel kann die nicht auf der hohen Kante haben. Seltsam genug, dass sie sich einen teuren Jeep leisten kann.«

Im Übrigen, ergänzt Papa süffisant, verstehe er sowieso nicht, wie jemand auch nur einen einzigen Euro damit verdienen kann, dass er anderen erzählt, dass sie einen Schatten haben. Sein Lieblingssatz über Psychologen.

Das bringt wiederum Mama auf die Palme.

»Oliver! Ich finde es nicht in Ordnung, dass du vor unserer Tochter eine ganze Berufsgruppe diffamierst. Psychologe ist ein anspruchsvoller Beruf.«

»Genau. Anspruchsvoll ist die Dame wirklich. Allein ihre gestylte Eigentumswohnung in diesem Protzkasten. Muss das sein, wenn man ein Kind hat? Melly wäre sicher weniger schwierig, wenn sie mal Auslauf hätte. Wir haben ja auch wegen der Kinder unser Reihenhaus mit Garten gekauft und keine Wohnung mit Marmorböden.«

Papa ist überzeugt, dass er immerzu alles richtig macht.

Wenn es mich nicht betrifft, lasse ich ihn bei dieser Meinung. Im Augenblick allerdings muss ich unbedingt seine Überzeugung aufweichen, dass Pepper überbezahlt ist. Sonst wird es nie etwas mit meinem Pferd.

Immerhin wirkt mein Vater aufgekratzt nach der kleinen, genussvollen Aufregung um Frau Lanz. Die Diskussion hat ihn munter gemacht. Seine Augen wirken viel wacher und fröhlicher als vorhin.

Irrtum! Unerbittlich fährt er fort: »Tatsache bleibt, dass wir für das Pferd auf einen Schlag siebentausendfünfhundert Euro statt fünftausend zahlen sollen.«

»Ach Papa, der Kaufpreis ist das Wenigste, sagt Herr Habicht. Teuer wird ein Pferd erst durch die ständigen Kosten, also Box, Schmied, Impfungen und . . .«

Kochend heißer Schreck durchzuckt mich.

Gratuliere, Flo, du erhältst den ersten Preis für das dümmste Argument seit Anbeginn der Welt.

Meine Eltern wechseln einen Blick. Misstrauisch beugt Papa sich vor.

»Wieso? Was kommt denn noch an Kosten dazu, von denen wir nichts wissen? Hattest du nicht eine Aufstellung darüber angelegt?«

Super, Flo, dümmer hätte es auch Melly Lanz nicht anstellen können.

Die Zunge möchte ich mir abbeißen.

Fast habe ich meinen Vater so weit und da knalle ich ihm die Sache mit den monatlichen Kosten vor den Kopf.

Am liebsten möchte ich mich selber anblaffen: Geht's noch!

Papa schiebt seine randlose Brille zurecht und knurrt: »Wenn die Ausgaben zu hoch werden, müssen wir die Sache mit dem eigenen Pferd überdenken. Hol die Kostenliste her.«

»Aber Papa, wir haben doch schon alles durchgekaut.«

»Hol sie her.«

Sollte ich jemals Kinder haben, werde ich sie nicht so peinlich behandeln.

Ich laufe die Treppe hinauf in mein Zimmer im ersten Stock.

Ein supergenialer Raum. Zwei Fenster. Und eine Balkontür extra. Alles ist bei mir knallrot. Rechts das Bett ist rot und der Schreibtisch am Fenster auch. Und mein Drehstuhl. Genauso wie mein Kleiderschrank, die beiden DVD-Türme, der Rollcontainer, auf dem mein Fernseher und meine Stereoanlage stehen, und das Bücherregal überm Bett. Der Clou ist ein kleines rotes Ledersofa mit zehntausend Kissen, das ich dramatisch schräg in die Ecke unter das linke Fenster gerückt habe. Mit einem feuerroten Laptoptisch davor, den ich in der Höhe verstellen kann, wenn ich Freunde zu Besuch habe. Ich werfe mich auf den Drehstuhl und ziehe die unterste Schreibtischschublade auf. Mit einer Hand richte ich die hohe Arbeitsleuchte auf den Inhalt. Der Lampenschirm ist natürlich auch rot. Beim Einrichten letztes Jahr meinte Papa: »Bei so viel Rot kriegst du noch einen Dachschaden.«

Pah! Rot ist Power, Papa!

Obwohl – vielleicht hat er sogar recht mit dem Dachschaden. Zumindest scheint meine Gehirnmasse im Moment geschädigt zu sein, sonst hätte ich vorhin kaum so einen Stuss geredet wie: »Teuer wird ein Pferd erst durch die ständigen Kosten.« Dümmer geht's echt nicht.

Geräuschvoll poltere ich oben herum. Die Tür habe ich offen gelassen, damit sie unten hören, wie eifrig Tochter Rohde sucht. Dabei liegen alle Unterlagen griffbereit in einer dicken Klarsichtmappe, auf der mit rotem Plakatschreiber »Mein Pferd« steht. Allerdings werde ich einige Minuten brauchen, um die Kosten zu drücken. Im Moment sind sie einfach zu hoch.

Während ich durch lautes Stöhnen, Fluchen und Tritte gegen den Schreibtisch umständliche Suchaktionen vortäusche, zupfe ich die Aufstellung »Ständige Kosten für mein Pferd« aus der Mappe.

Ständige Kosten für mein Pferd

1. Boxenmiete/Reithallennutzung im Monat: 320 Euro
2. Schmied: zwei Hufeisen vorne erneuern und Hufe ausschneiden 70 bis 90 Euro pro Besuch. Im Sommer alle fünf bis sechs Wochen nötig, im Winter alle sechs bis acht Wochen.
3. Schutzimpfungen: Tetanus alle zwei Jahre, Influenza (Grippe) und Herpes zweimal im Jahr, Tollwut einmal im Jahr. Insgesamt 120–150 Euro pro Jahr.
4. Wurmkuren, viermal im Jahr. Insgesamt 100–150 Euro pro Jahr.
5. Rücklagen für den Tierarzt: 50 Euro im Monat
6. Tierhalter-Haftpflichtversicherung: rund 150 Euro im Jahr
7. Sattel gebraucht: 1.000 Euro
8. Trense und Gebiss: neu etwa 250 Euro
9. Stallhalfter und Stricke: ungefähr 40 Euro

Papa hätte seine helle Freude an der sauberen Aufstellung. *Hätte*. Möglichkeitsform hoch zehn. Denn in ihrer Urfassung kann ich die Liste unmöglich mit nach unten nehmen.

Nicht mehr, nachdem mein Vater den ganzen Abend über hohe Kosten gestöhnt hat. Da muss noch was gedreht werden.

Ich werfe meinen Laptop an und öffne die Datei »Ständige Kosten für mein Pferd«.

An der Boxenmiete kann ich nichts ändern, dafür wollen meine Eltern einen Dauerauftrag bei der Sparkasse einrichten.

Nächster Punkt. Schmied.

Muss ebenfalls bleiben. Vielleicht kann ich behaupten, Pepper hätte gar keine Hufeisen . . . dann ist es billiger. Andererseits hat Papa keine Pferdeäpfel auf den Augen. Er braucht ja nur auf Peppers Hufe zu sehen. Bemerkt er die Eisen, fühlt er sich verschaukelt. Zu Recht. Nein, keine Kürzungen beim Schmied.

Impfungen.

Halt, da geht was. Wer hat etwas davon, jetzt schon auf Impfungen hinzuweisen, die erst kurz vor Weihnachten fällig werden? Wie die gegen Pferdegrippe? Dieses Frühjahr hat Herr Habicht sich noch darum gekümmert. Und Tetanus ist erst wieder in zwei Jahren dran, hat Habi gesagt. Super. Ich vernichte die gesamte Spalte. Hundertfünfzig Euro weniger.

Was ist mit Wurmkuren?

Ich sehe Tapir vor mir, wie er beschwörend die Augen rollt: »An Wurmkuren darfst du nie sparen. Sind superwichtig. Würmer setzen Pferden ganz schwer zu. Die können ein Tier sogar umbringen, wenn sie massenhaft auftreten.«

Schon gut, Tapir. Der Posten bleibt. An meinem Schatz vergreift sich kein blasser Spulwurm. Auch kein Bandwurm, Blutwurm, Fadenwurm und schon gar keine fiese Larve der Dasselfliege.

Rücklagen für den Tierarzt: fünfzig Euro.

Kann auch weg. Pepper braucht keine Rücklagen. Sollte er krank werden, bezahlen meine Eltern sowieso. Also Löschtaste. Mein eigenes Sparbuch muss genügen . . . denn je teurer diese Liste wird, desto schlechter stehen meine Chancen auf Pepper.

Tierhalter-Haftpflichtversicherung: Die kostet ungefähr hundertfünfzig Euro im Jahr.

»Tierhalter-Haftplicht – an dieser Versicherung ist nicht zu rütteln«, hat Tapir gesagt.

Er hat mir noch viel mehr erzählt, bis mir fast der Kopf platzte und ich aufjaulte: »Mann, Tapir, ich will das alles nicht wissen, ich will doch nur ein Pferd.«

Da hat er mich streng angesehen und wie ein spießiger Erwachsener gesagt: »Du bist doch nicht etwa so ein Spaßgirl? Natürlich sollst du Freude an deinem Pferd haben, aber ein Tier zu besitzen, ist kein Jux für kurze Zeit. Der Habichthof ist kein Ponyhof wie in deinen Computerspielen. Du übernimmst echte Verantwortung.«

Er hat nicht mal gegrinst dabei.

Also habe ich mir auch noch den Rest angehört. Zum Beispiel, dass man Pferde, die man aus Privatvergnügen hält, »Luxustiere« nennt. Erst dachte ich, Tapir wollte mich veralbern, aber dann brachte er das Bürgerliche Gesetzbuch mit und da steht das Wort »Luxustier« schwarz auf weiß drin. Tatsache. Im Gegensatz zu Nutztieren, mit denen der Besitzer Geld verdienen muss – wie bei Schulpferden.

Wenn Papa Pepper kauft, wird mein Schatz sekundenschnell vom Nutztier zum Luxustier. Zack. Für Luxustiere gibt es sogar einen Paragrafen: § 833.

»Fakt ist«, hat Tapir gesagt, »man muss praktisch immer zahlen, wenn das Luxustier etwas anrichtet.«

»Auch wenn Pepper gar nicht schuld ist?«, habe ich gefragt. »Wenn ihn eine Wespe sticht und er springt vor Schreck auf Frau Lanz' Auto und zertrümmert es?«

»Ja, musst du zahlen.«

»Und wenn er ihre limonengrüne Karre mit einem Stück Gras verwechselt und mit den Zähnen drüberkratzt?«

»Auch dann«, schwor Tapir.

Er hatte noch andere Beispiele auf Lager.

»Angenommen, Pepper scheut, geht durch, läuft auf die Straße und verursacht einen Unfall. Dann können alle von dir Geld verlangen, die verletzt worden sind und deren Auto kaputt ist. Was das kostet . . . dein Pferd musst du dann verkaufen, dafür ist kein Geld mehr da.«

Danke, so genau wollte ich das gar nicht wissen.

»Dein Vater ist ja bei der Versicherung, der weiß das«, meinte Tapir. »Tierhalter-Haftpflicht ist Standard, damit du ruhig schlafen kannst.«

Diesen Punkt werde ich vor Papa gleich ganz groß herausstellen.

Unten auf dem Flur höre ich Schritte.

»Deine Unordnung, was Flora?«, ruft Papa die Treppe rauf. »Findest du mal wieder nichts?«

»Doch, ich komme gleich.«

Die letzten Punkte. Sattel, Zaumzeug und Halfter.

Warum muss die Ausrüstung überhaupt auf der Ausgabenliste stehen? Sind ja einmalige Käufe. Das findet sich, wenn Pepper erst meiner ist. Ohne Sattel und Trense kann ich schlecht reiten, das wird sogar Papa einsehen.

Jetzt sieht die Aufstellung extrem knapp aus. Zu knapp. Todsicher erinnert Papa sich, dass meine Kosten beim ersten Mal ein ganzes Blatt ausgefüllt haben.

Ich verlängere die Spalte »Boxenmiete« und beschreibe ausführlich, was der Pauschalpreis enthält: Ausmisten, Stroh, Heu, Kraftfutter, Salzleckstein, Abfuhrkosten für den Mist, Pferd morgens auf Weide oder Auslauf bringen, Hallenbenutzung.

Schnell ausdrucken. Mit der überarbeiteten Liste springe ich die Stufen hinab.

Man kann nicht sagen, dass ich mich bei der Aktion richtig wohlfühle. Meine innere Stimme redet mir ins Gewissen: Deine Eltern schenken dir ein Pferd und du manipulierst die Kostenaufstellung. Fies.

Ja, stimmt.

Ich gebe mir gedanklich einen Strafpunkt auf der »Fiese-Flora-Skala«. Doch bevor ich auf der untersten Treppenstufe ankomme, lösche ich den Strafpunkt wieder. Was ich mache, ist nicht fies, das ist sogar extrem freundlich.

Einen Kostenschock würden meine Eltern gar nicht verkraften.

6.

Wenn ich mit meinem Vater in einem Büro arbeiten müsste, würde ich wahnsinnig. Er stellt mehr Fragen als ein Kriminalkommissar beim Verhör eines Raubmörders.

Um Mitternacht schiebe ich endlich alle Unterlagen zurück in meine Pferdemappe. Ich bin fix und fertig. Ein Pferdekauf strengt mehr an als reiten bei vierzig Grad im Schatten.

Sie haben JA gesagt!

Ich bekomme Pepper.

Alles erscheint mir total unwirklich, wie in einem Film, den ich angucke. Irgendwie stehe ich neben mir, hundemüde, als ich die Gummibänder um die Ecken meiner Pferdemappe schlinge.

Gerührt reicht Mama mir die Hand.

»Dein erstes Pferd. Das ist ein besonderer Tag.«

Ein »besonderer Tag«? Das ist die Untertreibung des Jahrhunderts! Das ist eine RIESENRIESENSACHE mit Pepper und mir!

»Herzlichen Glückwunsch«, sagt Papa, verbunden mit einem kleinen schäbigen Erpressungszusatz. »Aber denk dran: Dafür musst du als Gegenleistung gute Zeugnisse nach Hause bringen. Wie besprochen. Morgen machen wir auf dem Habichthof den Kaufvertrag.«

Er steht auf, räumt die Gläser zusammen und trägt sie in die Küche. Aus der Diele ruft er noch: »Und dein Herr Habicht muss mir im Preis entgegenkommen. Ich zahle keinen Euro mehr als siebentausend.«

Typisch Papa. Immer stellt er Bedingungen. Hoffentlich hat Habi fünfhundert Euro auf seinen Wunschpreis draufgeschlagen, die er abziehen kann, sonst gibt es gleich wieder Zoff zwischen den beiden.

Irgendwie finde ich dieses Schachern um Geld unwürdig. Schließlich geht es um meinen besten Freund.

Ich greife noch einmal in meine pralle Mappe und ziehe einen vorgedruckten Pferdekaufvertrag hervor.

»Von Tapir. Er sagt, da steht alles drin, was man klären muss. Damit es hinterher keinen Ärger gibt.«

»Den Vertrag gehe ich mit Herrn Habicht Punkt für Punkt durch. Hat dein schlauer Tapir sonst noch was auf Lager?«

»Ja. Tapir sagt: ›Mündliche Vereinbarungen sind so haltbar wie ein alter Strohhalm.‹«

Papa grinst.

»Solche Texte sollten sie mal auf die Teebeutel drucken. Statt goldener Dichterworte. Und nun ab ins Bett, damit du genug Schlaf für den neuen Schultag bekommst.«

Das sagt sich so leicht.

Ruhelos tigere ich nach dem ereignisreichen Tag in meinem Zimmer auf und ab. Die plötzliche Wendung im Fall Pepper wühlt mich auf.

Leise schlüpfe ich aus der Tür und steige barfuß die Treppe zu Dani hoch. Lautlos drücke ich die Klinke herunter.

In Sweatshirt und Shorts sitzt mein Bruder am PC und fährt herum, als ich mich im Türrahmen zeige.

»Ist was, Kleine? Schon mal was von Anklopfen gehört?«

Er klickt den Bildschirm dunkel und guckt mich mit zusammengekniffenen Augen an. Dann grinst er breit.

»Du strahlst ja wie eine Leuchtreklame. Heißt das, wir haben einen neuen Rohde in der Familie?«

Ich reiße die Fäuste hoch.

»JAAA! Morgen macht Papa den Vertrag.«

Normalerweise falle ich meinem Bruder nicht um den Hals,

aber heute ist nichts normal und ich drücke Daniel wie verrückt, bis er fast vom Drehstuhl rutscht. Lachend schnappt er nach Luft und zieht an meinen Haaren.

»Congratulations. Wenn es mal eng wird mit der Schule, sag Bescheid.«

Gerührt nicke ich. Das liebe ich an meinem Bruder. Nie braucht er lange Erklärungen. Auch heute ahnt er sofort, wo es demnächst bei mir haken könnte.

»Super. See you.«

Zurück in meinem Zimmer bin ich noch hellwacher als vorher. Aufgedreht marschiere ich zwischen Fenster und Bett hin und her.

Das Schlimme ist, dass ich nicht auf der Stelle den halben Stall anrufen kann. Emily, Tessa und Kriss, Janne, Katharina, Lina, einfach allen will ich die ungeheure Neuigkeit erzählen. Am liebsten natürlich Melly und Gloria.

Nur damit ihr Bescheid wisst: Pepper gehört jetzt mir; nehmt also in Zukunft eure Finger von ihm – auf diesen Satz freue ich mich seit der Versetzung in die 8a, also seit gefühlten fünf Millionen Jahren.

Doch noch gehört Pepper mir nicht. Herr Habicht wäre stinkig, wenn ich etwas Halbgares verbreiten würde.

Aber Emily muss sein!

Schließlich haben unsere Eltern uns gleichzeitig ein Pferd versprochen und Emily leidet wie ein Hund, dass sie bisher die Einzige von uns mit eigenem Pferd ist. Und keinen hat, mit dem sie ausreiten kann.

Ich rufe sie an und spreche nur einen einzigen geheimnisvollen Satz ins Telefon.

»Sag, dass du dich freust.«

Ein ganz und gar unüblicher Emi-Schrei gellt durchs Telefon.

»Heißt das, du kriegst ihn?«

»Ja! Ja! Ja!«

»Genial. Dann können wir endlich zusammen ausreiten. Ab wann?«

»Ich hoffe morgen.«

Emi kichert.

»Melly wird sich vor Wut auf den Misthaufen werfen.«

»Hoffentlich zusammen mit ihrer bescheuerten Mutter.«

Für diesen gemeinen Wunsch gebe ich mir noch schnell zwei Punkte auf der »Fiese-Flora-Skala«.

Morgens um halb sieben wiehert mein Handy mich wach. Verschlafen blinzele ich auf das Display.

Emily.

Melde dich. Wichtig!!! Emi.

Wenn Emi so früh simst, kann es nur um den Stall gehen. Sofort bin ich hellwach und rufe sie zurück.

Emi klingt aufgeregt wie selten.

»Ich habe gerade eine Rundmail von Melly bekommen. Garantiert ein Versehen. Sonst mailt die mir nur, wenn sie für Habi Termine fürs Reiterfest machen soll. Wetten, sie hat den falschen Verteiler erwischt.«

Während wir telefonieren, starte ich meinen Laptop und checke die Mails.

Nur zwei Spams. Nichts von Melly. Hat sie mich etwa gezielt aus dem Verteiler gelöscht?

»Ich habe nichts.«

Emi lacht auf.

»Logisch. Es geht ja um Pepper. Melly wittert, dass du ihn haben sollst. Hoffentlich hetzt sie ihre Mutter nicht auf Herrn Habicht.«

»So ein Mist. Wer hat Melly etwas gesteckt?«

»Ich maile dir den Text rüber. Und drück dir ganz doll die Daumen für heute Abend. Tschau.«

Eine Minute später erscheint Mellys Rundmail auf meinem Bildschirm.

Von: melly@doktorlanz.de

Betreff: Alarmstufe ROT

Achtung, Achtung: Große Katastrophe! :-((
Gloria hat Telefon mitgehört. Flo soll Pepper kriegen.
Das muss verhindert werden!!! >_<
Vllt eine Idee? EILT!!! Meldet euch. Schnell!!! Sonst ist der Süße weg für immer. *heul*

Melly

Warum muss mein schönster Tag im Leben so gemein anfangen?

In der Schule bin ich zwar körperlich anwesend, aber meine Gedanken fliegen auf den Habichthof. Ich bin extrem besorgt, was Melly aushecken wird. Zum Glück bleibt ihr nicht viel Zeit, bis wir den Kaufvertrag unterschreiben.

Auf dem Pausenhof gehe ich ihr aus dem Weg und nach der letzten Stunde fahre ich von der Schule direkt in den Stall. Jetzt, wo mir die Durchgeknallten auf den Fersen sind, will ich Pepper keine Sekunde aus den Augen lassen. Melly und Gloria bringen es fertig und entführen ihn klammheimlich. Je eher mein Vater heute Abend den Kaufvertrag unterschreibt, desto besser. Sein blödes Meeting heute Nachmittag wird hoffentlich nicht ewig dauern.

Kribbelig vor Aufregung und Vorfreude betrete ich den Stall – und erlebe den Super-GAU. Vor Peppers Box lungert Mellys Mutter herum. Ihre blondierten, auf jugendlich getrimmten Fransenhaare erkenne ich noch, wenn ich im Koma liege. Bevor ich kehrtmachen kann, entdeckt sie mich und stöckelt mir durch die Stallgasse hinterher. Kurz vor dem Ausgang stellt sie mich.

»Was macht eigentlich die Suche nach deinem eigenen Pferd, Flora?«

Ihre Stimme klingt unerträglich weich. So muss der Wolf nach einer Großpackung Kreide gesprochen haben, bevor er die sieben Geißlein verschlang.

Mich verschlingt Frau Dr. Lanz nicht!

Jetzt weiß ich, was Melly im Schilde führt. Sie hat ihre Mutter aufgehetzt, den Kauf zu verhindern.

Deren hohe Absätze klappern über den Beton auf mich zu. Misstrauisch betrachte ich ihr unehrliches Zementlächeln. Jemand sollte ihr mal sagen, dass man spätestens seit den Achtzigern keinen hellblauen Lidschatten mehr benutzt.

»Ist das nicht schön, wenn man eine Beziehung zu einem neuen Pferd aufbauen kann, Flo?«

Hinter dem Wort »neues Pferd« steht ein ganz großes Fragezeichen. Flo – so hat sie mich noch nie genannt.

Ich muss vorsichtig sein, damit sie mir die Sache mit Pepper nicht vermasselt. In Wirklichkeit geht es unserer Chefpsychologin nicht um mich und schon gar nicht um meine Beziehung zu Pferden, sondern um ihren Engel Melly. Unter allen Umständen will die Lanz verhindern, dass ihre angebetete Tochter Pepper als Schulpferd verliert. Das steht ihr in Leuchtbuchstaben auf der Stirn geschrieben. Direkt über dem hellblauen Achtzigerjahre-Lidschatten.

Bevor ich eine Antwort parat habe, tritt Herr Habicht mit seinem Reitbuch aus dem Büro auf die Stallgasse. Als er Frau Dr. Lanz sieht, wendet er sich genauso blitzartig ab wie ich vorhin, aber er hat keine Chance.

»Herr Habicht, Herr Habicht, eine Minute bitte.«

Mit ihrer Stimme nagelt sie ihn fest. Ich weiß, wie Habi das hasst, wenn er nur rasch vom Stall zu seiner Wohnung laufen will, und gleich fällt ihn jemand an wie ein Kettenhund.

»Ja?«, fragt er kurz und sieht nicht mal von seinem Reitbuch auf. Unhöflich ist das. Aber manche Leute hält man nur auf diese Art auf Distanz.

Dr. Lanz plärrt ohne Umschweife: »Sie werden doch nicht etwa Pepper verkaufen? Ihr bestes Schulpferd!«

Sie führt sich auf wie ein kreischendes Baby, dem man den Schnuller klauen will.

»Wie kommen Sie darauf?«

»Ich weiß es aus zuverlässiger Quelle.«

Sie blufft. Lernt man das im Psychologiestudium? Bisher dachte ich, nur Pokerspieler bluffen.

Einen Moment lang wirkt Habi perplex. Er wirft mir einen ärgerlich-fragenden Blick zu, doch ich schüttele heftig den Kopf und zucke unschuldig die Schultern. Frau Lanz gestikuliert wild vor Habis Gesicht.

»Wo bleibt Ihre Verantwortung für die Reitschüler? Pepper ist ein Universaltalent.«

»Ich will Ihnen mal was sagen«, beginnt Herr Habicht und zieht die wild herumspringende Frau in die Sattelkammer, weil eine Gruppe Kinder durch den Eingang hereintröpfelt und sich im Stall verteilt.

Hastig drücke ich mich hinter die Eisentür. Ich ärgere mich grün und blau, dass die Lanz sich drinnen an die Sättel lehnen darf. Sie verwandelt meinen Lieblingsraum in die *Sattelkammer des Schreckens.* Übrigens ein toller Buchtitel. Warum schreibe ich es nicht? Natürlich mit einer Psychologin als Hauptperson. Gegen die Lanz sehen selbst Darth Vader oder Lord Voldemort aus wie freundliche Märchenonkel. Mit meinem Buch werde ich hundertpro reich, dann kaufe ich den Habichthof und eine Echthaarperücke für Habi. Als erstes kriegt Frau Dr. Lanz lebenslänglich HAUSVERBOT!!!

Von meinem Königsplatz hinter der Tür bekomme ich jedes Wort mit.

»Es führt kein Weg daran vorbei, dass man Schulpferde nach einigen Jahren im Einsatz verkauft«, höre ich Habi mit fester Stimme sagen. »Ehe sie sauer werden.«

»Sauer? Aber Pepper doch nicht. Der ist ein ausgesprochen freundliches Pferd. Darum müssen Sie ihn ja für den Schulbetrieb behalten.«

Jetzt redet Herr Habicht mit einem Unterton, als müsste er einem begriffsstutzigen Kind etwas erklären. Ich grinse von einem Ohr zu anderen. Das wird unserer Frau Doktor nicht behagen. Wo die ihren Doktortitel herhat, ist mir eh ein Rätsel. Im Lotto gewonnen vielleicht.

»Sauer, Frau Dr. Lanz«, fährt Herr Habicht fort, »heißt nicht, dass das Pferd ärgerlich wird. Sauer heißt bei Pferden: frustriert. Vergleichbar ist das mit Depressionen bei Menschen.«

Dr. Lanz räuspert sich verärgert.

»Ich bin als Kind auch geritten und kann mich nicht an sauere Pferde erinnern.«

Jetzt wird Habis Stimme ganz spitz, sogar eine Spur spöttisch.

»Man muss schon sensibel sein, um das zu registrieren.«

Eins zu null für Herrn Habicht.

Ohne auf Frau Lanz' aufgeregtes Prusten einzugehen, redet er weiter.

»Wenn Schulpferde tagaus, tagein dasselbe Programm abspulen müssen, halten sie das nicht aus. Wenn sie immer wieder verwirrende Hilfen bekommen, resignieren sie. Verlieren ihr Interesse an der Umwelt. Manche folgen einem nicht mehr aus der Box. Manche sträuben sich, wenn man sie in die Reithalle führen will. Das sind Anzeichen. Dann muss man sie verkaufen. Sobald sie in einer Hand sind, leben sie wieder auf. Das gönnt ihnen doch jeder ... oder sind Sie anderer Meinung?«

Frau Lanz gibt keine Ruhe.

»Aber Pepper geht doch gut und ohne Probleme. Warum verkaufen Sie ausgerechnet dieses Pferd?«

»Noch geht er gut, ja«, sagt Herr Habicht. »Aber wie lange bleibt das so? Pepper ist jetzt fünf Jahre im Schulbetrieb und weil er so beliebt ist, ist er öfter im Unterricht dabei als andere. Oft mit Anfängern, die keine richtigen Hilfen geben können.«

Er seufzt.

»Eigentlich müsste ich jedes Pferd so lange im Schulbetrieb behalten, wie es leistungsfähig ist. Dann könnte ich mehr Geld verdienen. Aber ich will meine Pferde fair behandeln. Wenn eine passende Reiterin ein gutes Schulpferd kauft, freue ich mich mit. So ist das, Frau Dr. Lanz.«

Genau – und die passende Reiterin für Pepper bin ICH!!!

Endlich hat er ihr das Maul gestopft. Jedenfalls herrscht Stille.

Wie soll sie auf Habis anständige Einwände auch reagieren?

Bin ich sie jetzt los?

Mein Handy wiehert. Ich verdrücke mich aus meinem Versteck, bevor Herr Habicht hellhörig wird und laufe nach draußen.

SMS von Papa.

Hallo Flo. Muss den Vertrag auf morgen verschieben. Komme heute nicht aus der Firma weg. Tut mir leid. Papa.

Oh nein!

Vierundzwanzig Stunden mehr Zeit für die Lanz-Bande, mir meinen Pepper abspenstig zu machen.

Deprimiert informiere ich Habi über die Verschiebung.

»Schon okay«, sagt er. »Dein Vater wandert ja nicht aus. Du hast doch sicher vorhin gelauscht? Bei Frau Lanz?«

Ich fange an zu stottern.

»Na ja . . . rein zufällig konnte ich . . .«

Er übergeht mein Halbgeständnis und stößt einen Seufzer aus.

»Wenn ich mehr von solchen Kunden hätte, würde ich den Stall schließen und auswandern. Aber ich glaube, die gute Frau wird dich jetzt in Ruhe lassen.«

Schön wär's!

Kaum ist Herr Habicht in die Reithalle hinübergewechselt, um Unterricht zu geben, schlendert Melly mit ihrer Mutter die Stallgasse herauf. Als hätten die beiden hinterm Stall exakt so lange gewartet, bis Habi die Kurve kratzt.

Gerade bin ich dabei, frisches Stroh in Peppers Box zu streuen.

Bloß nicht hochsehen. Angestrengt fixiere ich die Einstreu und schaue nicht nach links und rechts. Vielleicht gehen sie weiter, wenn ich nicht hochgucke. Aber natürlich wollen sie zu mir. Ich bin heilfroh, dass Pepper zwei Stunden im Unterricht mitgeht, so gelangen sie jedenfalls nicht in seine Nähe.

»Hi Flo.«

Melly ist genauso dreist wie ihre Mutter. Sie will mir tatsächlich ein Gespräch aufdrängen.

Argwöhnisch starre ich sie durch einen Arm voll pieksender Halme an und bleibe stumm.

Mellys Mutter reißt sofort das Gespräch an sich.

»Also, so ein eigenes Pferd ist schon ein Risiko. Was man

da an Tierarztkosten hat, das ist ja gar nicht abzusehen. Da können Riesenbeträge zusammenkommen, die man kaum aufbringen kann. Schon mancher musste wegen hoher Arztrechnungen sein Pferd wieder verkaufen. Tja, und dann weiß man nie, ob es wieder in gute Hände kommt.«

»Definitiv«, mischt Melly sich ein. »Ist doch viel sicherer, man reitet ein Schulpferd. Dann muss man sich um nichts kümmern.«

Insgeheim erteile ich mir Befehle.

Rühr dich nicht, Flo. Tu ganz cool.

Ich stelle meine Augen auf unendlich und sehe durch Melly Lanz und ihre bescheuerte Mutter hindurch. Das beherrsche ich grandios.

Meine aufgezwungene Coolness brauche ich dringend, denn was Frau Dr. Lanz zum Besten gibt, geht mir echt an die Nieren.

Scheinheilig erzählt die Lanz von furchtbaren Fällen bei Ankaufsuntersuchungen, angeblich alle persönlich erlebt.

»Nur zu deinem Besten, Flo. Damit du abschätzen kannst, was auf dich zukommt, wenn du Pepper kaufst.«

Obwohl ich ihr kein Wort glaube, hinterlassen ihre Geschichten doch Spuren und machen mich nervös und ängstlich.

»Da schien ein Verkaufspferd ein begnadeter Springer zu sein, dabei hatte man es bis oben hin mit Schmerzmitteln vollgestopft. Hufrollenentzündung. Unheilbar. Der Wallach war total platt. Du kennst ja den Spruch: Ohne Huf kein Pferd.«

Ein Albtraum!

»Oder ein anderes Mal: Augenkrankheit, zunächst dachte man, ein bisschen entzündet, aber was war es: Die unheilbare periodische Augenentzündung!«

»Und gerade kürzlich so ein Fall. Kauft eine Freundin ein leicht lahmes Pferd. Und was war? Angerissene Sehne, praktisch nicht reitbar.«

Melly tänzelt in ihrem grünen Taftröckchen neben ihrer Mutter und verzieht dauernd bestätigend die Lippen, als hätte sie persönlich die Diagnose für alle diese Krankheiten gestellt.

Darf man als Psychologe Leute bewusst in Angst und Schrecken versetzen? Ich bin kurz davor, mit einem Protestschild vor ihre Praxis zu ziehen: BERUFSVERBOT FÜR DR. LANZ!

Auf jeden Fall hat die hinterhältige Kuh erreicht, dass ich nicht mehr klar denken kann. Offenbar bin ich blass wie ein Spulwurm, denn Frau Tauscher und Frau Vollmer – zwei von den Antiken –, die an meiner Box vorübergehen, gucken mich sehr merkwürdig an.

Sie bleiben stehen und fragen mich etwas, aber ich starre sie nur an, ich bin nicht in der Lage hinzuhören. Geschweige denn zu antworten.

Ich würde nicht mal mitkriegen, wenn unterm Habichthof plötzlich eine Antriebsrakete zünden und der Stall mit sämtlichen Pferden in den Weltraum abheben würde. Denn ich habe nur eins vor Augen: Hufkrankheiten, Herzkrankheiten, Hautkrankheiten, kaputte Lunge, kaputter Magen, kaputte Sehnen . . .

Als die Lanz-Bande endlich verschwindet, bin ich nahe dran, mich selbst in die Uniklinik einzuweisen.

Peppers Ankaufsuntersuchung geht mir nicht aus dem Kopf. Um versteckte Krankheiten vor dem Kauf aufzuspüren, lässt man vom Tierarzt einen Check machen. Was ist, wenn Tierarzt Müller-Maring bei Pepper etwas findet? Nach dieser Horrorpredigt von Frau Lanz habe ich Angst, dass mein

Traum in letzter Minute zerplatzen könnte wie eine Seifenblase am Stacheldrahtzaun.

Ich brauche dringend Tapirs Rat und hacke eine SMS ins Handy.

> Hilfe!!! Mellys Mutter behauptet, dass Pepper tausend Krankheiten haben kann. Bitte sag, dass das nicht stimmt. Was wäre das Schlimmste? LG Flo. Antworte schnell!!!

Gott sei Dank schreibt Tapir sofort zurück.

> Relax! Pepper war immer gesund, seit ich auf dem Habichthof arbeite. Wirklich schlimm wären Hufkrankheiten. Mit kaputten Beinen geht nichts. Pferde sind Lauftiere. Ohne Huf kein Pferd. Pepper hat vier gesunde Beine, soweit ich weiß. Bleib ganz cool! Tapir

Als ich im Dunkeln nach Hause fahre, bin ich erledigt. Ich konnte noch nicht mal kurz mit Pepper schmusen, obwohl er mir doch fast gehört. Ständig war er von Fans belegt.

Eins ist mir nach dem furchtbaren Gerede von Mellys Mutter klar geworden: Ich muss verhindern, dass Papa eine Ankaufsuntersuchung in Betracht zieht. Vielleicht weiß er gar nicht, dass man solche Checks bei Pferdekäufen macht. In mir glüht eine Minihoffnung, dass mein Vater nichts über Kaufuntersuchungen gegoogelt hat. Obwohl das für den Planungsfreak Oliver Rohde unnatürlich wäre.

Jedenfalls werde ich mein persönliches Unwort des Jahres »Ankaufsuntersuchung« nicht erwähnen.

Bis in den Schlaf verfolgen mich die gemeinen Worte von Familie Lanz. Ich träume von nichts anderem als von Hufkrankheiten.

Dabei finde ich mich merkwürdigerweise auf der Rennbahn in Baden-Baden wieder, die ich in meinem ganzen Leben noch nie betreten habe. Auf der Tribüne sitzen dicht an dicht Zuschauer mit Zylinder und riesigen Hüten und trinken Tee. Auf allen Teebeuteletiketten steht gedruckt: »Ohne Huf kein Pferd.« Und bei den Engländern: »No hoof, no horse.«

Krähend wie ein Hahn läuft Mellys Mutter durch die Reihen und verteilt Teetassen. Auf jeder einzelnen Tasse ist in eleganter Schreibschrift eingebrannt: »Ohne Huf kein Pferd.«

Mit Pepper muss ich zu einem Treffpunkt, über dem »Polizeiliche Hufkontrolle« und »Ohne Huf kein Pferd« geschrieben steht.

Um auf Nummer sicher zu gehen, lasse ich im Traum Peppers Hufeisen entfernen und kaufe stattdessen vier sündhaft teure Reitschuhe aus atmungsaktivem Gewebe mit dreilagiger Sohle und griffigem Profil, die ich an seinen Fesselgelenken festbinde. Mit den neuen Reitschuhen an den Beinen flitzt Pepper mir sofort mit wehender Mähne weg, drängelt sich in die Startbox und will beim Rennen mitlaufen.

Die Zuschauer finden das witzig und jubeln vor Begeisterung. Sie werfen ihre Teetassen weg und laufen die Treppen hinunter zu den Buden, um auf Pepper zu wetten. Es herrscht allgemeine Verwirrung und im Präsidium gibt es große Diskussionen. Schließlich wird Pepper als Rennpferd abgelehnt.

»Der Wallach Pepper führt hinter seinem Namen nicht die Bezeichnung xx. Die Eigentümerin Flora Rohde hätte besser den Vollblüter Herz Tuan xx gekauft. Außerdem weisen wir darauf hin, dass das Tragen von Reitschuhen mit dreilagiger Sohle und griffigem Profil als schwere Täuschung für den Tierarzt-Check angesehen wird. Wegen versuchten Betrugs wird die Besitzerin Flora Rohde verurteilt, das gesamte Geläuf umzupflügen und mittels Grassaat folgenden Schriftzug einzusäen: Ohne Huf kein Pferd.«

Wie gerädert wache ich auf, nachdem ich die ganze Nacht mit einem mittelalterlichen Handpflug die Rennbahn umgegraben habe. Jeder einzelne Knochen schmerzt.

Mit lahmen Gliedern krieche ich aus dem Bett und schlurfe ins Badezimmer. Meine vom Pflügen geschundenen Finger stellen die Dusche auf Killerstrahl, um die letzten Traumreste zu töten und in den Abfluss zu spülen. Ich wünsche Mellys Mutter auf den Mond. Was hat die Frau mich verrückt gemacht.

Eins weiß ich definitiv: Es darf keine Ankaufsuntersuchung geben.

7.

Wir lassen auf jeden Fall eine Ankaufsuntersuchung machen«, verkündet Papa eine halbe Stunde später am Frühstückstisch.

Ein Schlag in den Magen hätte mich nicht schmerzhafter treffen können. Ich klammere mich so fest an die Tischplatte, dass meine Knöchel weiß hervortreten, und starre meinen Vater an.

»Um sicher zu sein, dass dein Pferd gesund ist. Schließlich will ich kein Mängelexemplar kaufen.«

Mein Mund ist zu trocken, um lange mit Papa zu diskutieren.

»Wer hat dir das eingeredet?«, krächze ich.

Ein Wunder, dass die Frage so ruhig über meine Lippen kommt und nicht als schriller Aufschrei.

Seit dem dummen Gerede von Mellys Mutter ist nichts mehr wie vorher. Plötzlich sehe ich überall Krankheiten und mögliche Gefahren.

Dabei müsste ich mir gar keine Sorgen um Peppers Gesundheit machen. Hat Tapir mir doch bestätigt! Aber ich bin nicht blöd, ich denke weiter ... nicht nur an Krankheiten. Es scheint mir höchst bedenklich, vor dem endgültigen Kauf Tierarzt Müller-Maring an Pepper heranzulassen. Denn selbst ein gesunder Pepper kann mir noch durch die Lappen gehen. Jawohl, das ist mir unter der Dusche eingefallen. Unser Tierarzt ist nämlich immer auf der Suche nach neuen wissenschaftlichen Erkenntnissen.

Was, wenn er in Pepper eine medizinische Sensation wittert? In meiner Ankaufsablehnungspanik male ich mir folgendes Szenario aus: Müller-Maring setzt bei Peppers Untersuchung plötzlich das Stethoskop ab und jubelt außer sich vor Freude: Er hat zwei Herzen! So ein Glücksfall! Davon habe ich nur während des Studiums gehört. Nie hat es so einen Fall in Europa gegeben! Und ausgerechnet ich entdecke dieses seltene Doppelherz. Vielleicht wird es nach mir benannt? Das Müller-Maringsche Doppelherz. Tut mir leid, Flora, aber dein Pferd muss sofort in die Tierärztliche Hochschule. Im Dienst der Wissenschaft.

Papa beißt von seinem Schinkenbrötchen ab.

»Man muss nur ›Pferdekauf‹ googeln, dann bekommt man hundertfünfundzwanzigtausend Ergebnisse.«

Das Internet ist die Pest, wenn man einen Vater hat, der wie meiner gestrickt ist. Angestachelt durch seine ewigen Vergleiche und Tests im Netz geht in unserer Familie nichts mehr normal ab.

»Ankaufsuntersuchung! So ein Quatsch! Das Geld kannst du sparen, Papa. Pepper ist gesund, sonst könnte Herr Habicht ihn wohl kaum als Schulpferd einsetzen.«

Papa wirft einen Blick auf die Uhr.

»Du meinst, der Wallach *scheint* gesund zu sein. Wer weiß, was er ausbrütet? Nein, eine Tierarztuntersuchung muss sein. Ich kaufe auch kein gebrauchtes Auto ohne Werkstattcheck. Weißt du übrigens, dass man bei Pferden zur Ankaufsuntersuchung auch TÜV sagt? Wie bei Autos?«

Natürlich weiß ich das, Papa, aber deine Vergleiche machen mich fertig. Kapierst du nicht, dass ein Pferd ein Freund fürs Leben ist und kein blödes Auto?

Papa wischt sich die Finger an der Serviette ab und beugt sich über den Tisch zu mir herüber.

»Und wenn dein Traumpferd eine versteckte Krankheit hat? Dann zahlen wir ewig nur Tierarztkosten und du kannst den Wallach vielleicht gar nicht reiten.«

Nie sagt er Pepper. Immer nur Wallach oder Pferd oder dein Tier. Das macht er bewusst. Wenn er Pepper sagte, würde Papa damit zugeben, dass mein Süßer zur Familie gehört und dieselben Rechte hat wie jeder von uns.

ICH WILL KEINE ANKAUFSUNTERSUCHUNG!

»Ist mir total egal, was Pepper hat, Papa. Damit würde ich mich abfinden! Ehrenwort.«

Papa lacht auf. Diese Art von Lachen hasse ich. Übersetzt heißt es: Komm du erst mal in mein Alter, dann weißt du, dass dein Vater alles zu deinem Besten regelt.

Wie eine überflüssige Futtermilbe komme ich mir vor, wenn Papa dieses Lachen einsetzt. Mein Vater ist ein Unmensch, wie er da vor mit sitzt und den Kopf schüttelt.

»Das Pferd wird auf Herz und Nieren untersucht. Hat Herr Habicht selbst vorgeschlagen. Schon damit es später nicht heißt, er hat dir ein krankes Pferd angedreht.«

Ich schieße hoch.

»Wann soll Herr Habicht das gesagt haben? Das wüsste ich aber.«

»Pass auf deinen Ton auf, Flora! Schon mal was von Dankbarkeit gehört? Es gibt nicht viele Eltern, die ihren Töchtern ein Pferd schenken.«

»Stimmt«, gebe ich kleinlaut zu und sacke auf meinen Stuhl zurück. »Ich hatte gerade eine Panikattacke, dass ich Pepper doch nicht kriege.«

Versöhnlich wuschelt mir mein Vater durchs Haar.

»Wird schon glattgehen, Flöhchen.«

Da schimmert wieder mein süßer kleiner Papa durch.

»Gestern Abend habe ich noch mit dem Reitstall telefoniert«, sagt er und greift nach seiner Anzugjacke. »Heute Abend kommt der Tierarzt.«

Am frühen Abend treffen wir uns alle im Stall. Herr Habicht, Tapir, mein Vater und ich. Eigentlich wollte Mama mich begleiten, aber Papa traut ihr nicht. Er ist der Ansicht, sie würde großzügig über kleine Mängel hinwegsehen, damit ich Pepper kriege. Um jeden Preis will er alles mitbekommen, was der Tierarzt sagt. Dafür ist er sogar früher aus dem Büro heimgekehrt.

Die Männer lasse ich draußen auf dem Hof zurück, weil sie vorhin schon wieder mit diesem idiotischen Imponierverhalten anfingen. Ich möchte sie nicht in der Nähe haben, während ich Pepper in der Stallgasse anbinde und putze. Das würde die himmlische Ruhe stören.

Weil ich meinen Vater wegen seines Wichtigtuerauftritts gerade peinlich finde, gebe ich mir einen Minuspunkt auf der »Fiese-Flora-Skala«. In der artfremden Umgebung bewegt sich Papa ja nur deshalb, weil er mir ein Pferd kaufen will. Darum müsste ich mir eigentlich zwei fiese Punkte geben, aber heute bin ich nachsichtig mit mir.

Aus den Boxen dringt zufriedenes Malmen. Ab und zu befördert ein Pferd mit dem Maul ein Heubündel in den Trog und zupft gemächlich Halme daraus hervor. Ein Bild des Friedens. Damit nicht ein Dutzend Reiter zugucken, hat Herr Habicht den Tierarzttermin vor die Abendreitstunden gelegt.

Dauernd dreht Pepper seinen Kopf zu mir nach hinten, während ich ihn voller Hingabe sauber bürste und leise mit ihm spreche.

»Ahnst du, dass heute ein besonderer Tag ist?«

Peppers weiche Nüstern sind wie ein Luxus-Wellnesswochenende für die Seele. Leise grummelnd beschnuppert er mich, streicht mit seiner Samtnase über meine Arme, mein Gesicht und zupft an meinen Haaren.

Ich bin total glücklich. Zumindest, solange ich nicht an Frau Lanz' Krankheitsdrohungen denke.

Es scheint Pepper nicht zu irritieren, dass ich unaufhörlich vor mich hin murmele: »Du bist gesund, du bist gesund, du bist gesund.«

Mit der Fußspitze ziehe ich den Wassereimer näher und gehe neben Peppers Beinen in die Hocke. Sorgfältig wasche ich jeden Huf und begutachte das Horn noch kritischer als sonst.

»Manche Hufkrankheit sieht man vorher nicht, erst der Tierarzt entdeckt sie«, hat Frau Lanz mir gestern genüsslich mitgeteilt.

Mit der Hand streiche ich über die gleichmäßige Glasurschicht der Hufe. Glatt und gut fühlt sie sich an. Keine Hornspalten, keine Risse.

»Und Flecken sind auch nicht drin«, gebe ich zufrieden nach oben zu Pepper durch, der mich neugierig beäugt. Er muss es zwar nicht wissen, aber ich teile es ihm trotzdem mit. »Rote oder dunkle Flecken sind nämlich ein schlechtes Zeichen, Pepper.«

Dahinter verbergen sich Einblutungen, hat Herr Habicht uns eingeschärft. Schlimm, wenn hinter dem Bluterguss eine Quetschung im Huf steckt oder gar eine schwere Krankheit wie Hufrehe.

Als ich den rechten Hinterhuf anhebe, entdecke ich am Tragrand eine winzige ausgebrochene Kante, die gestern noch nicht da war. Was so zwergenhaft klein ist, gilt nicht.

Ohne noch einmal hinzusehen, setze ich Peppers Fuß ab. Aber mein Kopf brütet weiter über dieses winzige Loch nach. Was, wenn dort bereits Keime eingedrungen sind? Fiese Monsterbakterien, die meinen Schatz von innen vergiften?

Ich zwinge mich zur Ruhe. An Peppers Hufen kann ich nichts Krankes entdecken und trotzdem rebelliert mein Magen. Dieser blöde Spruch »ohne Huf kein Pferd« steht wie ein stures Riesenross in meiner Fantasie herum und lässt wenig Platz für positive Gedanken.

Danke, Frau Lanz. Sehr freundlich, dass Sie mich mit Ihren Horrorstorys verrückt machen.

»Der Tierarzt fährt vor«, ruft Tapir auf einmal durch die Stallgasse und verschwindet gleich darauf wieder nach draußen.

Auf der Stelle beschleunigt sich mein Herzschlag.

»Nur noch diese kleine Untersuchung, dann gehören wir zusammen«, wispere ich Pepper zu, als ich ihn nach draußen führe. »Für immer und ewig.«

In der Tür zum Hof stockt mir der Atem. Am Paddock lungern die Durchgeknallten mit den Zwillingen herum. Über den Mädels thront Mellys Mutter! Wie eine große Glucke hockt Frau Dr. Lanz auf dem Zaunbalken und schart ihre Küken unter sich.

Das hat mir gerade noch gefehlt!

Unsere Chefpsychologin möchte wohl unverzüglich losjubeln, wenn Pepper nicht durch den TÜV kommt. Wie kann man so gemein sein!

Ich verabscheue die Lanz zutiefst dafür, dass sie ihre Sensationsgier nicht im Griff hat. Und dass sie mit ihren blöden Hühnern diesen feierlichen Moment entweiht. Wenn es nach ihr ginge, würde sie aus meiner Ankaufsuntersuchung ein Riesenevent machen. Public Viewing, Liveübertragung auf Großleinwand.

Nur Emily hätte ich hier ertragen, aber die hat den Anstand wegzubleiben. Am liebsten würde ich Frau Lanz rückwärts über den Zaun werfen.

Die zweite Schreckensnachricht braucht einen Moment länger, bis mein überlastetes Gehirn sie verarbeitet. Aus einem fremden roten Wagen steigt ein Unbekannter aus und nähert sich mit einer grauen Arzttasche. Das ist nicht unser vertrauter Tierarzt. Unseren Dr. Müller-Maring mit dem gutmütigen Bernhardinergesicht erkenne ich auf hundert Pferdelängen an seinem rotbraunen Haar, das beim Gehen wie Schlappohren flattert. Das ist auch nicht Müller-Marings Kollege, der ihn ab und zu vertritt – sondern ein Wildfremder.

Aufmerksam hebt Pepper den Kopf und mustert den Mann. Langsam und kritisch gleitet sein Blick über den Fremden. Ein Fluchttier kann es sich nicht leisten, etwas zu übersehen. Was, wenn der Zweibeiner etwas im Schilde führt? Wenn er plötzlich seine Tasche aufreißt, ein Jagdgewehr herausholt und auf ihn zielt?

Ich sehe Pepper genau an, was in seinem Kopf vorgeht. Selber hätte ich auch kein schlechtes Fluchttier abgegeben. Mir stehen ebenfalls sämtliche Haare zu Berge. Wegen des fremden Tierarztes.

Finster suche ich Papas Blick.

Fürchtet er, Müller-Maring würde hinter seinem Rücken mit Herrn Habicht krumme Geschäfte machen?

Denkt Papa vielleicht, Habi steckt unserem Tierarzt heimlich hundert Euro zu, damit er verschweigt, dass Pepper voll mit Cholera, Typhus, Schweinegrippe, Fadenwürmern und Tollwut steckt? Oder das Müller-Maringsche Doppelherz besitzt? Das ist lächerlich und peinlich. Wenn Müller-Maring sagt, ein Pferd ist gesund, dann ist es auch gesund.

Vor Scham erröte ich bis unter die Haarwurzeln.

»Hat mein Vater das so gewollt?«, frage ich Herrn Habicht im Vorbeigehen.

»Ja«, sagt Habi mit unbewegter Miene. »Aber es ist nicht selten bei Ankaufsuntersuchungen, dass ein fremder Tierarzt kommt.«

Mit den Handknöcheln klopft Habi auf Peppers Pferdepass, den er für den Tierarzt bereithält. Sein genervtes Pochen verrät, was er wirklich denkt: Des Menschen Wille ist sein Himmelreich.

Der Spruch stand vorhin auf meinem Teebeutel und trifft auf Papa hundertprozentig zu.

»Bergengrün«, stellt der lange Fremde sich vor und drückt allen die Hand, bevor er mich ansieht. »Du sollst das Pferd haben?«

Stimmlos grunze ich ein bisschen, mehr gibt mein Kehlkopf nicht her.

Tierarzt Bergengrün nickt und stellt seine Tasche ab.

»Dann mal los. Der Bursche guckt ja mit blanken Augen in die Welt.«

Sofort ändere ich meine Meinung über den Unbekannten. Was für ein genialer Tierarzt!

Tja, Papa, Pech gehabt, das ist nicht der Beißer, den du gesucht hast. Dieser Bergengrün sieht sofort, was für ein Schatz Pepper ist.

Durch die Armbeuge wirft der Tierarzt einen Blick auf die lungernden Zuschauer am Paddock, dann fragt er leise: »Gehören die auch zur Familie?«

»Nein, zum Teufel!«, gebe ich sofort zurück. »Ganz im Gegenteil.«

Schmunzelnd zwinkert er mir zu, dann ruft er der Gruppe freundlich, aber bestimmt zu:

»Lasst uns doch bitte allein. Die ärztliche Schweigepflicht gilt nämlich auch für Tierärzte.«

Was für ein sympathischer, intelligenter Mann!

Zögernd verkrümeln sich die fünf. Normalerweise hätte ich eine passende Bemerkung hinterhergebrüllt, etwas, das auf der »Fiese-Flora-Skala« mindestens sieben Punkte gebracht hätte. Aber mein aufgewühltes Innenleben lässt keine Nebengeschichten zu.

Die fünf verschwinden im Stall. Ich verwette einen Silageballen, dass sie nach anderen Spionagemöglichkeiten suchen. Und richtig: Während Dr. Bergengrün ein Klemmbrett mit einem Packen vorgedruckter Protokolle aus seiner Tasche zieht, bemerke ich, wie sich die Holztür im Dachgiebel leise bewegt. Im Sommer befördern wir durch die Luke Heu nach oben.

Durch die Ritzen blitzt Mellys weißes Prinzessinnenjäckchen. Demonstrativ starre ich hoch. Die sollen wissen, dass ich sie gesehen habe. Garantiert hängen alle fünf da oben zwischen den Heuballen und gucken gierig zu. Widerlich.

Obwohl ich es genauso machen würde.

Dr. Bergengrün zückt den Kuli und erkundigt sich nach Impfungen, Krankheiten, Operationen, Medikamenten, Hufbeschlag, Koliken und auffälligem Verhalten.

Sachlich und schnell antwortet Herr Habicht.

Aber dann fragt der Tierarzt doch tatsächlich: »Welche Art Futter geben Sie?«

Was soll die Frage? Will er damit etwa andeuten, Pepper sei nicht gut gefüttert? Bergengrüns Sympathievorschuss schmilzt . . .

»Herr Habicht füttert nur das Allerbeste«, gehe ich laut dazwischen, bevor Lennart Habicht nur ein Wort erwidern kann. »Ich weiß das, weil ich fast immer bei der Abendfütterung dabei bin.«

Habi ist wirklich oberpingelig. Schimmeliges Stroh hat bei ihm keine Chance. Und das Kraftfutter misst er sorgfältig ab, damit jedes Pferd die richtige Menge frisst. Nicht zu wenig, nicht zu viel.

Dr. Müller-Maring hätte sich nie erlaubt, solche dreisten

Fragen zu stellen. Weil er weiß, wie es auf dem Habichthof zugeht. Kampfbereit funkle ich den fremden Tierarzt an. Wie kann er einfach auf unseren Hof spazieren und Herrn Habicht unterstellen: Sie sehen nicht so aus, als ob Sie ein Pferd richtig füttern könnten.

Gut, dieser Bergengrün sagt es nicht so direkt, aber im Kern trifft es die Sache. Empörend.

Verwirrt sieht Papa in die Runde. Er begreift offenkundig nicht den Grund für meine Aufregung.

Ich suche nach Anzeichen, dass Habi genauso ausflippt wie ich. Treten seine Adern an den Schläfen hervor? Lange kann es doch nicht mehr dauern, bis er vor Wut platzt.

Habi merkt, wie ich nach Luft schnappe, und legt mir lächelnd eine Hand auf den Arm.

»Das ist normal, Flo. Er muss das fragen.«

Tapir nickt mir beruhigend zu. »Standard«, sagt er.

Lennart Habicht gibt Auskunft über das Futter.

»Kraftfutter-Pellets, Heu, Heulage, Stroh, bei Bedarf Mineralfutter, Salz, Möhren.«

»Einstreu?«, fragt Dr. Bergengrün.

»Späne und Stroh.«

Ich weiß zwar nicht, was das mit einer Ankaufsuntersuchung zu tun hat, aber da Habi nicht mosert, muss es seine Richtigkeit haben.

Der fremde Tierarzt Bergengrün redet wenig. Ab und zu murmelt er etwas, das wie »o weh« klingt und mich total nervös macht. Dazu kommt, dass er nach diesem unverständlichen Stöhnlaut jedes Mal etwas in seinen Untersuchungsbogen kritzelt. Aus den Augenwinkeln suche ich Habis Miene nach Ärger und stummer Verzweiflung ab. Aber das Gesicht des Chefs unter der schwarzen Baseballkappe wirkt unbeweglich und starr wie eine Hufraspel.

Papa spitzt die Ohren, um mögliche Feinheiten herauszuhören.

Dann fragt Dr. Bergengrün: »Wer will Pepper vortraben? Der Chef? Oder du, Flora?«

Beim Vortraben sieht der Tierarzt, ob alle vier Hufe und Beine belastbar sind. Ob das Pferd z. B. ein Bein schont und lahmt.

Glasklar habe ich meinen Huftraum wieder vor Augen. Nein. Pepper vortraben, das kann ich jetzt nicht. Da muss Herr Habicht ran. Stumm schaue ich ihn an und er nickt.

»Komm, Pepper.«

Mit meinem Braunen am Strick läuft der Chef die lange Einfahrt vor seinem Wohnhaus hinauf und herunter.

Ich starre auf die Pflastersteine. Den langen Weg hat Herr Habicht für ein Schweinegeld anlegen lassen. Damit er eine befestigte Strecke zum Vortraben hat, also zum Checken von Beinschäden.

Zwanghaft ziehe ich mit den Augen Fuge für Fuge zwischen den sechseckigen Steinen nach. Ich darf keine einzige Fuge verpassen beim Hinsehen, sonst entdeckt der Tierarzt etwas bei Pepper. So ein Blödsinn! Was bilde ich mir da nur krampfhaft ein? Trotzdem, ich klammere mich an die Fugen. Nichts anderes geht mir durch den Kopf als diese verdammten Pflastersteine. Mein Gehirn will nichts von Beinschäden wissen. Ich kann gar nicht hinsehen, ob Pepper klar geht.

Als Herr Habicht atemlos mit Pepper am Strick zurückkehrt, höre ich genau, was Dr. Bergengrün murmelt. »O. B.«

Warum redet der Tierarzt keinen Klartext?

Entweder: Pepper lahmt hinten rechts, wo der Tragrand ausgebrochen ist. Oder besser: Ich sehe nichts, die Beine sind gesund.

Warum sagt er nur »o. B.«? Was zum Teufel heißt das?

Plötzlich schießt mir die Lösung in den Kopf. O. B. kann nur eins bedeuten: ohne Bein.

Bewusst sagt Dr. Bergengrün nicht: ohne Huf. Um mich zu schonen. Um mich nicht mit der schrecklichen Diagnose zu überfallen.

Ohne Huf kein Pferd.

Ohne Bein auch nicht.

Meine Gedanken überschlagen sich. Kann Pepper nie geritten werden? Natürlich kauft Papa so ein Pferd nicht.

Pech. Durchgefallen beim TÜV, wird er achselzuckend sagen.

Eine Welle des Mitleids für Pepper überflutet mich. Ich gebe ihn nicht mehr her. Wenn er krank ist, schon gar nicht. Was soll denn aus ihm werden? Mit anfälligen Beinen kann Herr Habicht ihn auch nicht länger als Schulpferd einsetzen. Aber auf der Koppel könnte Pepper noch stehen. Jahrelang. Jahrzehnte. Ohne Reiter geht es auch Pferden mit kaputten Beinen oft gut. Das weiß ich genau.

Niemals wird mein Vater das einsehen. Ich kann ihn schon hören: Ich kaufe doch kein Pferd, das nur auf der Weide herumsteht und mein Geld wegfrisst.

Meine Knie zittern. Ich kann mich kaum noch auf den Beinen halten. Wie ein Flächenbrand breitet sich das Zittern in meinem ganzen Körper aus. Bis unter die Schädeldecke. Es würde mich nicht wundern, wenn ich im nächsten Moment tot umfiele.

Einen Ausweg, ich muss einen Ausweg finden, sofort, bevor ich in Schreikrämpfe ausbreche. Wenn ich mir nicht auf der Stelle eine bessere Zukunft für Pepper ausmale, drehe ich durch. Das Beste ist, ich entführe ihn. Bei Nacht und Nebel fliehen wir vom Habichthof. Nur Emily werde ich heimlich informieren.

Schon sehe ich mich auf dem Reitweg, Pepper läuft neben mir am Strick.

Als Erstes werfe ich mein Handy ins Unterholz, damit ich nicht geortet werden kann. Wir flüchten in den Wald, irren zwischen Wiesen umher, bis wir eine leer stehende Weidehütte entdecken, wo wir übernachten. Emily besorgt mir ein fremdes Handy, versorgt mich mit Essen und bringt mir Alpinos Mineralfutter für Pepper.

Mit Hubschraubern und Hundestaffeln suchen sie nach mir: Achtung, Achtung, hier spricht die Polizei. Vermisst wird die knapp vierzehnjährige Flora Rohde. Flora Rohde ist einen Meter siebzig groß, hat glatte honigbraune Haare und braune Augen. Sie ist mit ihrem Pferd Pepper unterwegs, einem Braunen, der aufgrund eines schweren Beinschadens vermutlich lahmt.

Heimlich melde ich mich über Handy bei einer Talkshow und erzähle meine traurige Geschichte im Fernsehen, um meine Eltern richtig unter Druck zu setzen. In einer Live-Schalte spreche ich direkt aus dem Wald in zehn Millionen Haushalte. Ich spüre förmlich, wie mir die Zuschauer an den Lippen hängen. Alles berichte ich haarklein. Dass mein geiziger Vater mir meinen geliebten Pepper nicht kaufen wollte und dass ich jetzt lieber Gras und Gänseblümchen von den Wiesen nage, anstatt nach Hause zu gehen.

Weinend sitzen meine Eltern mit Dani in unserem Reihenhaus am Fichtenkamp 6a vor dem Fernseher und machen sich die größten Vorwürfe. Von morgens bis abends verteilen sie eilig bedruckte Flugblätter: Flo komm zurück. Du darfst Pepper behalten. Wir pflügen unseren Garten um und legen eine Pferdekoppel an, damit du immer bei ihm sein kannst.

Natürlich glaube ich ihnen kein Wort. Zwei Wochen geht

das vielleicht gut, dann kramt mein Vater garantiert wieder seine Kosten-Nutzen-Rechnung hervor.

Einmal geht Papa auf seiner rastlosen Suche sehr nahe an meinem Unterstand vorüber. Die ganze Zeit hält er ein Schild hoch: VERZEIH MIR!!!

Darüber muss ich weinen, aber ich verharre trotzdem in meinem Versteck. Dani möchte ich am liebsten heimlich eine Botschaft schicken, damit er sich keine Sorgen macht. Aber meine Eltern sollen suchen, bis sie schwarz werden!

Und wenn sie mich finden, verweigere ich die Heimkehr. Ich kette mich an den nächsten Zaunpfosten. Da muss die Feuerwehr schon mit schwerem Katastrophengerät anrücken, um mich freizuschweißen.

Irgendwer legt mir schwer die Hand auf die Schulter. Ich schieße herum. Wer hat mich gefunden?

Hinter mir steht Papa.

Ich hocke nicht angekettet neben einem Zaunpfosten, sondern stehe aufrecht und steif auf dem Habichthof, eingerahmt von Pepper, Papa, Habi, Tapir und Tierarzt Bergengrün.

Erneut tippt Papa mich an und guckt sorgenvoll.

»Was ist los mit dir, Flo? Geht es dir nicht gut? Dr. Bergengrün ist fertig.«

Die Stunde der Wahrheit.

Los, spuckt es schon aus!

Doch keiner redet, alle Blicke ruhen nur erstaunt auf mir. Macht es ihnen Spaß, mich zu quälen? Warum sagt niemand, was Sache ist? Ich weiß es doch sowieso.

»Und das Bein?«, bringe ich schließlich heraus.

»Welches Bein?«, fragt Herr Habicht.

»Welches Bein?«, fragt mein Vater.

»Welches Bein?«, fragt Dr. Bergengrün.

Ich muss ein Schluchzen unterdrücken. Ob ich will oder nicht, mir kommen die Tränen.

»O. B. haben Sie gesagt.«

»Stimmt.«

Eine Sekunde noch und ich heule los, vor allen Männern. Und vor den Durchgeknallten auf dem Dachboden, die durch die Ritzen spähen und mir das babyhafte Heulen noch in fünfzig Jahren vorhalten werden.

Meine Stimme zittert, als ich rede.

»Ohne Bein kein Pferd.«

Verständnislos starren die vier Männer mich an. Pepper guckt verwirrt in die Runde.

»O. B. heißt doch ›ohne Bein‹«, flüstere ich.

»O. B. heißt ›ohne Befund‹, stellt Dr. Bergengrün amüsiert richtig. »Das sagt man, wenn man keine krankhafte Veränderung findet.«

Die Auskunft verschlägt mir die Sprache. Weil ich stumm bleibe, spricht Dr. Bergengrün weiter.

»Präzise heißt es: o. b. B. Ohne besonderen Befund.«

Es dauert einen Moment, bis meine Stimmbänder wieder etwas hergeben.

»Echt?«

»Echt!«

Er hält mir das Protokoll unter die Nase.

»Hier, sieh selbst. Wenn alles in Ordnung ist, hake ich alle diese Kästchen mit dem aufgedruckten Vermerk o. b. B. ab.«

Tatsächlich. Die Liste wimmelt von abgehakten Kästchen. Wie ein himmlisches Muster ziehen sie sich über die Seite. Häkchen, Häkchen, Häkchen.

Auf die anderen muss ich ziemlich lustig wirken, so durcheinander, wie ich bin, denn auf einmal lacht Habi laut los und Tapir lacht auch.

Nur ich lache nicht. Mein Sinn für Humor ist vorübergehend außer Betrieb.

»Was ist daran witzig?«, frage ich mit dünner Stimme.

Klar fällt mir ein Stein vom Herzen. Trotzdem, die Sache mit diesem o. B. hätte man mir *vorher* erklären müssen. Was, wenn mich vor Schreck der Schlag getroffen hätte? Dann hätten wir ein gesundes Pferd und eine tote Besitzerin. Auch unlustig.

»Sorry, Flo, aber das war für uns gerade ziemlich komisch.« Tapir stößt mir entschuldigend seinen Ellenbogen in die Seite. »Komm schon, gib zu, das war lustig.«

»Und warum lache ich nicht?«

Aber dann falle ich meinem Pepper um den Hals und lache doch.

Weil ich so glücklich bin, dass er gesund ist und dass Papa nicht mehr Nein sagen kann und dass ich mich nicht mitten im März an einen Zaunpfahl festketten muss.

8.

Ich kann nicht schlafen. Gibt es irgendjemanden im Universum, der schlafen kann, wenn er von menschlicher Biomasse zum PFERDEBESITZER aufsteigt?

Auf meinem Nachttisch liegt Peppers Pferdepass. Daneben die Eigentumsurkunde. Und die Stalltafel mit Peppers Namen, die mein Bruder schon heimlich gekauft hatte.

Gegen zwei krieche ich aus dem Bett und trete mit nackten Füßen hinaus auf meinen kleinen Balkon. Raues Holz kratzt unter den Fußsohlen. Die Nacht ist kühl und klar.

Knapp sieben Stunden ist es her, dass Dr. Bergengrün mir sein einwandfreies Ankaufsprotokoll unter die Nase gehalten hat. Ich umfasse das glatte Metallgeländer und atme tief ein. Es wird Frühling.

Ich habe ein Pferd.

Im Licht des Halbmonds leuchten Krokusse und Primeln wie gelbe Lampen. Erdiger Duft steigt vom Gartenboden zu mir herauf. Mir wird schummrig. Vom herben Geruch und von dieser ungeheuren neuen Wahrheit:

Ich habe Pepper.

Am Fichtenkamp verkriechen sich die dunklen Fenster in den weißen Hausfassaden. Über mir leuchtet der Himmel.

Kann ich das überhaupt: ein Pferd halten?

Über den Tannenspitzen zittern die Sterne.

Ich zittere auch. Vor Freude. Vor besorgter Angst. Vor Kälte. Aber ich will nicht wieder ins Zimmer. Ich *muss* auch nicht zurück, weil mich ein weiches Gefühl von innen wärmt. Rosa Pferdewärme. Ich schlage meine Arme um die Schultern und sehe in den Nachthimmel hinauf mit seinem strahlenden Glanz.

Bekommt jedes Pferd einen Stern, wenn es einen neuen Besitzer hat? Tapir behauptet das.

»Wir Tierpfleger«, sagt Tapir, »haben jedes Mal einen Glücksstern ausgesucht, wenn ein neues Tier im Zoo einzog. Oder wenn ein Junges auf die Welt kam.«

Der halbe Himmel hängt voll mit Sternen von Tapirs Tapiren, Tapirs Wildeseln und Tapirs Zebras.

Ich beschließe, seine Erzählung zu glauben, und suche den Himmel nach dem schönsten Stern für Pepper ab. Ich nehme einen extrem blitzenden, unternehmungslustig funkelnden Stern unten rechts am Großen Wagen. Das einzige Sternbild, das ich kenne. Silbern blinkt er auf meinen Planeten herab.

Ob sie da oben auch Pferde haben?

Bring uns Glück, Stern.

9.

Heute ist der fünfte Abend nach der Erschaffung der Welt. Also nach dem Kauf von Pepper.

Die letzten Tage habe ich wie im Paradies gelebt, zusammen mit Emi. Das ganze Wochenende waren wir praktisch unzertrennlich, sind ausgeritten und bis abends im Stall herumgehangen. Ein unglaubliches Gefühl.

Pepper hat schon kapiert, dass er privat ist. Wenn Reitschüler zum Unterricht in den Stall kommen, bleibt er dösend im Stroh liegen, früher ist er dann immer aufgesprungen. Dummerweise hat mich nun die Schule wieder.

In meinem Zimmer ist es dunkel, bis auf den kleinen Lichtkreis, der auf die Seite mit Chemievokabeln in mein Englischbuch fällt.

Aufmerksam horche ich in unseren Hausflur.

Schritte?

Ich spreize das Gummiband mit der Stirnlampe von meinen Ohren ab, um besser zu hören.

Wieso liegen meine Eltern um diese Zeit noch nicht im Bett? Mein Handy zeigt dreiundzwanzig Uhr zwölf. Besorgt starre ich auf meine Zimmertür. Hoffentlich bekommen sie keinen Wind davon, dass ich noch über den Hausaufgaben sitze.

Ich begutachte den schmalen Lichtkegel meiner Stirnlampe, die Dani mir aus dem Outdoorshop mitgebracht hat. Nach menschlichem Ermessen kann nichts durch die Türritze leuchten. Mit Dani habe ich erst gestern den Test gemacht. Wofür Brüder doch gut sind.

Sicherheitshalber stehe ich aber doch auf und stopfe drei Kissen gegen die Türkante.

Um die Zeit wollen meine Eltern mich schlafend in der Koje wissen. Aber was soll ich tun? Hausaufgaben erledigen sich eben nicht von selber.

Allein bis zwanzig Uhr war ich im Stall.

Ich reite jetzt nach dem offiziellen Unterricht, bei den Privaten, zwischen achtzehn und neunzehn Uhr. Habi lässt die Privaten immer für sich reiten.

Er sagt: »Wenn ein fremdes Pferd in die Schulpferdeabteilung kommt, entsteht sofort Unruhe. Das kann ich meinen Reitschülern nicht zumuten. Es gibt Gerenne und Gebeiße.«

Natürlich konnte ich das für mich nicht gelten lassen und habe ihm vorgehalten: »Aber Pepper gehört seit Jahren dazu, bei ihm werden die anderen Pferde doch nicht unruhig.«

»Schon richtig, Flo. Aber ich muss gerecht sein und alle Privatreiter gleich behandeln. Dich genauso wie Emily und die Erwachsenen. Sonst steigen mir bald alle aufs Dach. Versteht du das?«

Ja und nein.

Ich greife nach meiner Apfelsaftpackung und setze sie auf die Mitte des Englischbuchs, damit die Seite nicht dauernd verschlägt.

Zum dritten Mal nehme ich Anlauf für die Hausaufgaben. Chemische Elemente auf Englisch. Die kann ich nicht mal auf Deutsch. Warum drucken sie nichts Vernünftiges in unsere Schulbücher? Zum Beispiel, was Zügel auf Englisch heißt. Oder Stallhalfter. Sattel, Steigbügel, Vorderfußwurzelgelenk. Hornspalte, Anschoppungskolik, Fesselkopf. Oder Reitbeteiligung.

Nein, halt, nicht Reitbeteiligung ... dieses Wort will ich auf Englisch nicht kennen. Das mag ich auch auf Deutsch nicht hören. Und an den Stall will ich auch nicht denken, sonst werde ich mit diesen abgedrehten Chemievokabeln nie fertig.

Zu spät. Schon galoppieren meine Gedanken wieder davon. Zum Habichthof . . .

Dass ich dort plötzlich im Rampenlicht stehe, bringt mich ziemlich durcheinander.

Gerade gehörte ich noch zu den normalen Reitschülern, plötzlich stehe ich im Spotlight. Alle Augen auf mich gerichtet. Auf mich, die Auserwählte, die Pepper bekommen hat, den Star des Stalls.

Unaufhörlich taxieren mich alle, flüstern hinter vorgehaltener Hand. Ich ahne, was sie sagen.

»Wird Flo jetzt zickig?«

»Schafft sie es allein mit Pepper?«

Genauso habe ich es früher auch gemacht, wenn ein neues Pferd ankam. Außer bei Emily.

Ich werfe mich über die Schreibtischplatte und versuche, durchs Fenster Peppers Glücksstern zu erspähen, um mich zu beruhigen. Ein Fehler! Denn schon driften meine Gedanken erneut ab, schweben zur Wiesenfeldstraße 3, wo Pepper bestimmt im Stroh liegt und schläft. *Mein* Pepper, darf ich jetzt sagen.

Träumst du von mir, Pepper?

Seufzend beuge ich mich über das Englischbuch und schimpfe mit mir.

»Reiß dich zusammen, Flo«, feuere ich mich an. »Frau Fischer kontrolliert morgen, also los.«

Kohlenstoff – carbon. Stickstoff – nitrogen. Sauerstoff – oxygen.

Dreiundzwanzig Uhr siebenundzwanzig. Wer kann um diese Zeit noch denken?

Ich war viel zu lange im Stall und das ist nun die Quittung dafür.

Problemlos hätte ich schon um halb acht zu Hause sein

können, aber ich konnte mich einfach nicht trennen. Pepper war so süß, hat immerzu geschnurzelt und mich praktisch mit seinem Charme festgehalten. Man müsste schon ein gefühlloses Monster sein, um sich da losreißen zu können.

»Das kommt hoffentlich nicht öfter vor, Madame«, sagte Papa mit hochgezogenen Augenbrauen, als ich in den Hausflur schlich. »Du musst dein Zeitkonto überpüfen. Ich dachte, das hatten wir alles abgesprochen?«

»Klar Papa, ist nur am Anfang so.«

Weg mit dem englischen Chemiemüll. Her mit dem Zeitkonto.

Ich schiebe die Vokabelsammlung nach hinten und wühle in der obersten Schublade. Vielleicht lässt sich wirklich etwas ändern?

Die Klarsichtmappe »Mein Pferd« fühlt sich dick und gut an. Wie ein Stimmungsaufheller, der direkt durch die Haut auf die Seele wirkt. Freundlicher, weicher, glatter als Bücher mit der Aufschrift: »Englisch. Wortschatzübungen Mittelstufe« oder »Grundlagen Organische Chemie«.

Ich ziehe das gesuchte Blatt hervor.

Die Liste »Zeitaufwand« habe ich letztes Jahr auf hartnäckiges Drängen von Tapir angelegt.

»Für ein Pferd braucht man viel Zeit, Flo. Schreib dir jede Kleinigkeit auf, sonst verschätzt du dich leicht.«

»Aber die Pferde stehen doch die meiste Zeit auf der Weide oder auf dem Paddock«, habe ich eingewandt, »und die Boxen werden auch gemacht. Da bleibt doch nicht mehr viel für einen Privatbesitzer – außer Reiten.«

Aber Tapir hat nicht aufgehört, mich wegen der Aufstellung zu nerven, bis ich dann eine geschrieben habe.

Ich muss nur einen Blick auf dieses Blatt Papier werfen und es geht mir exakt wie an Neujahr, als ich die Liste fertig hatte. Ich zucke vor Ensetzen zusammen. Denn der Zeitaufwand pro Tag lautet:

DREI STUNDEN UND ZWANZIG MINUTEN.

Plus Extrazeit für Tierarzt, Schmied, Pferdeäpfel absammeln, Sattel- und Zaumzeugpflege.

Ein Anflug von Panik erfasst mich und ich knalle die Liste umgedreht auf den Schreibtisch. Heftig sauge ich an meinem Apfelsaftstrohhalm.

Himmel, das schaffe ich nie neben der Schule.

Dummes Zeug. So etwas darf ich mir gar nicht erst einreden. Ich schaffe das, ich darf nur den Kopf nicht in den Sand stecken.

Mit spitzen Fingern drehe ich den Ausdruck wieder um und studiere die einzelnen Punkte.

Wie viel Zeit brauche ich für mein Pferd?

1. Fahrzeit mit dem Fahrrad: insgesamt 20 Minuten
2. Schmusen: 20 Minuten
3. Nachschmusen: 5 Minuten
4. Putzen und Hufe säubern: 20 Minuten
5. Reiten: 60 Minuten
6. Zweites Nachschmusen: 5 Minuten
7. Nach dem Reiten putzen, evtl. abspritzen, Hufe fetten: 15 Minuten
8. Pferdeäpfel und nasse Einstreu aus der Box nehmen, Tränke putzen, Stroh einschütten: 20 Minuten
9. Stallgasse fegen: 5 Minuten
10. Spazieren gehen, grasen gehen, frei laufen lassen in der Halle: 30 Minuten

Das Licht meiner Stirnlampe huscht über die Liste. Zum Teufel, warum habe ich so klein geschrieben? Die Wörter lassen sich kaum entziffern. Die große Schreibtischleuchte würde besseres Licht geben, aber ich traue mich nicht, den Strahler einzuschalten. Fehlte noch, dass meine Eltern etwas unter der Tür hervorblitzen sehen und triumphierend hereinstürmen: »Ha! Wussten wir es doch! Du bist überfordert mit Pferd und Schule. Sofort nimmst du eine Reitbeteiligung.«

Alles, nur das nicht.

Ratlos schwebt mein Kuli über der Zeitliste. Was kann ich bloß streichen?

Zwanzig Minuten Fahrzeit mit dem Rad. Zwanzig verschwendete Minuten. Nichts zu machen. Es sei denn, meine Eltern richten mir eine leere Pferdebox auf dem Habichthof ein, mit Schlafsack, Campingklo und Klappschreibtisch. Dann hätte ihre Tochter zwanzig Minuten gewonnen, um sich hirnrissige Englischvokabeln von chemischen Elementen einzubläuen.

Ich weiß nicht weiter.

Die Einzige im Stall, die Erfahrung mit einem eigenen Pferd hat, ist Emily. Mit zwei Fingern lange ich nach dem Handy und drücke Emis Kurzwahlnummer.

Nach dem ersten Ton ist sie schon dran.

»Flo?«

»Sorry, gut, dass du noch nicht schläfst.«

»Nö, Hausaufgaben.«

»Du auch? Ich dachte, ich bin die Einzige, die kurz vor Mitternacht noch paukt.«

Emily lacht kurz auf.

»Das glaubst du aber alleine. Irgendwie komme ich abends nie weg von Alpino.«

»Hab dich vorhin gar nicht gesehen.«

»War auch erst spät im Stall. Herr Habicht wollte schon abschließen.«

»Oha. Mein Vater meckert jetzt schon wegen Pepper. Nach fünf Tagen. Ich habe hier eine Liste mit dem täglichen Zeitaufwand. Können wir die kurz durchgehen? Vielleicht hast du noch eine Hammeridee.«

»Eine Liste? Wo gibt es so etwas?«

»Nirgends. Selbst gemacht. Tapir wollte das unbedingt.«

»Schieß los.«

Komisch, unsichtbar am Telefon ist Emily viel lockerer als lebendig gegenüber.

Mit dem Kuli umkringele ich die Punkte vier und sieben. »Geht beim Putzen was? Ich plane zwanzig Minuten vor dem Reiten und fünfzehn Minuten danach. Also insgesamt fünfunddreißig Minuten.«

»Mit oder ohne Fesselbeugen ausbürsten?«

»Sind mit drin.«

»Hufe?«

»Auch drin.«

»Puh. Kürzer geht kaum. Hufe dauern. Man muss sie ja jedes Mal genau ansehen. Hornwand, Kronrand, die Hufsohle, Strahl, Hufeisen.«

»Hm. Vielleicht beim Tränkebecken putzen? Machst du das jeden Tag? Aber ehrlich, Emi.«

»Zuerst ja, jetzt nicht mehr. Aber du musst wenigstens in die Tränke reingucken, ob keine Pferdeäpfel drin schwimmen. Und putzen, wenn es nötig ist.«

»Also nach Inaugenscheinnahme«, sage ich schlau.

»Hä?«

»Solche Worte benutzt mein Vater.«

»Inaugenscheinnahme. Cool.«

Ich kichere in mich hinein wegen des bescheuerten Wortes. Und wegen der gesparten Scheuerzeit.

Punkt Schmusen und Nachschmusen.

Dazu muss ich Emily gar nicht ausquetschen. Denn auf die Frage nach möglicher Zeitkürzung antworte ich mir selber, und zwar kurz und präzise: N-E-I-N.

Wofür habe ich endlich ein eigenes Pferd? Ich kann mich höchstens auf Peppers Tagesform einstellen. Wenn er in Schmuselaune ist, bleibe ich länger, ansonsten reiße ich mich zusammen und schmuse kürzer. Immerhin rund zehn Minuten Zeitersparnis. Ob ich das schaffe, ist eine andere Sache.

»Hast du Herrn Habicht an Alpinos Mineralfutter erinnert?«, will Emily wissen.

»Ja, Quälgeist. Ich weiß echt nicht, was daran so schlimm ist. Ich meine, dass du ihn selber fragst.«

»Mann, Flo . . .«

»Schon okay. Danke übrigens fürs Listenabhaken. See you.«

»Tschau.«

Mir gefällt es ehrlich gesagt nicht, Herrn Habicht immerzu an Emilys Sachen zu erinnern. Der denkt ja, ständig will Flora was von mir. Dabei geht höchstens die Hälfte der Fragen auf mein eigenes Konto. Großzügig gebe ich mir fünf Punkte auf meiner »Feine-Flora-Skala«. Weil ich mit Emilys Schüchternheit wohl bis zu meiner Rente leben muss, türme ich noch drei feine Punkte obendrauf.

Meine letzten Fragen simse ich um dreiundzwanzig Uhr fünfundfünfzig an Tapir.

Hi Tapir, mein Vater meckert wegen langer Stallzeit. Frage: Wie lange muss Pepper neben einer Stunde Reiten bewegt werden? Minimum? LG Flo

Die Antwort kommt blitzartig. Wahrscheinlich zieht Tapir sich wieder bis zum Weckerklingeln Videos mit Außerirdischen rein.

Pferde sind Lauftiere! Die können sich gar nicht genug bewegen. Ohne Reiter, meine ich.

Seufzend überfliege ich Tapirs Text. Lauftiere . . . ja, toll. Das weiß ich auch. Bloß gibt es da eine gewisse Anstalt namens S-c-h-u-l-e, die mich davon abhält, mit meinem Pferd spazieren zu gehen. Ich brauche Stundenzahlen und so weiter. Eilig tippe ich die nächste Frage, bevor Tapir sein Handy aus der Hand legt.

Schon klar, Tapir. BITTE GENAUERE ANGABEN!
Flo.

Die nächste SMS trifft ein.

Im Winter haben alle Pferde auf dem Habichthof den halben Tag Paddock. Im Sommer ca. sechs Stunden Weide. Neben dem Reiten geht das so. Besser ist natürlich noch mehr zusätzliche Bewegung. Remember: Lauftier.

Aber was ist, wenn Paddock und Weide ausfallen? Meine Gedanken wandern – nein, sie schwimmen – zurück zum letzten Herbst. Extremer Dauerregen mit Sturm. Unser Paddock überschwemmt. Mit eingezogenen Köpfen drückten sich die Pferde an die Paddockwand und bewegten sich keinen Zentimeter. Das Lauftier in ihnen verweigerte den Dienst in der Schlammwüste. Der Boden war zu tief. Da hat Herr Habicht die Schulpferde morgens dreißig Minuten in der Reithalle laufen lassen. Zwanzig Minuten Schritt, dann etwas Trab und Galopp. Dreißig Minuten frei laufen lassen – mein Punkt zehn in der Zeitliste. Darum muss ich mich ja künftig selber kümmern, weil Pepper kein Schulpferd mehr ist.

Hi Tapir, letzte Frage. Genügt im allerallerallergrößten Notfall eine halbe Stunde frei laufen lassen in der Halle? Neben Reiten? Ich meine, bei Starkregen wie letzten Herbst?

Tapir simst zurück:

Mit der Frage machst du mich echt fertig. Vor der Antwort drücken sich selbst Fachleute. Natürlich sind dreißig Minuten freie Bewegung nicht genug. In der Natur bewegen sich Pferde mindestens zwölf Stunden im Schnitt. Das Notfall-Kurzprogramm in der Halle geht wirklich nur bei höherer Gewalt.

Ich will gerade antworten, als mein Handy schon wieder wiehert. Tapir ist noch nicht fertig.

Achte darauf, dass Pepper sich zumindest frei wälzen kann. Jedes Pferd will dieses Scheuer- und Kratz-Erlebnis einmal am Tag. Ultrawichtig: Lass deinen Schatz zusammen mit anderen Pferden laufen. Damit er spielen und sich mit seinen Kumpels beknabbern kann. Pferde brauchen es, dass ihre Sinnesreize befriedigt werden . . .

SINNESREIZE? Was meinst du, Tapir? ;-)

FLO! Was du wieder denkst. =) Ich meine Kontakt zu anderen Pferden, Licht und Luft. Überhaupt brauchen Pferde die Außenwelt, damit sie ihre Neugier befriedigen können. Auch bei Regen, Sturm, Schnee, wenn es nicht zu heftig kommt. Die Reithalle ist da viel zu eintönig. Die Schulpferde kommen ja zumindest noch mit Reitern ins Gelände. Mit Pepper darfst du wahrscheinlich abends nicht mehr allein ausreiten???

Stimmt auffällig X((. Was schlägst du vor?

Abends mit Pepper spazieren gehen, damit er Eindrücke aus der Natur mit in den Stall nimmt. Am besten zusammen mit Alpino zum Fellkraulen. Bei Familienstress vllt gerade mal einschränken. Und nun ab in die Falle. Tapir.

Ich lege das Handy auf den Nachttisch und packe das Blatt Papier sorgfältig auf den Boden meiner Klarsichtmappe.

Etwas besser sieht der Plan nun aus. Aber zweieinhalb Stunden für Peppers Versorgung bleiben das Mindeste – wenn ich ihn nicht laufen lassen muss. Obwohl Herr Habicht mir schon viel Arbeit abnimmt, wie ausmisten, füttern, auf die Weide bringen.

Eigentlich läuft es auf drei Stunden hinaus.

Diese Liste darf mein Vater niemals sehen, sonst finde ich Pepper in der nächsten Ausgabe des Pferdemagazins. Unter Verkäufe: Aus Zeitmangel gegen Höchstgebot abzugeben ...

10.

Eigentlich bin ich zwei Floras.

Das ist mein erster Gedanke, als ich am nächsten Morgen aufwache und mit schweren Gliedern aus dem Bett rolle. Eine Flora, die sich wie verrückt über ihr eigenes Pferd freut, und eine, die nicht weiß, wie sie das alles schaffen soll.

Natürlich darf ich das niemandem sagen, schon gar nicht im Stall.

Mit der flachen Hand schlage ich den scheppernden uralten Wecker aus, der auf meinem Nachttisch tanzt.

Unsere liebe Frau Dr. Lanz braucht so eine Bemerkung nur aufzuschnappen, schon krallt sie mich und steckt mich in die Anstalt. Ihr Triumphgeheul tönt mir lauter in den Ohren als mein Wecker: Einweisung! Das Mädchen hält sich für zwei Floras! Gespaltene Persönlichkeit! Pepper muss zurück in den Schulbetrieb!

Beim Zähneputzen gehe ich alle meine Bekannten durch. Ob sich noch jemand für zwei hält? Zuerst fällt mir keiner ein, aber dann endlich – TAPIR! Der ist morgens im Stall Tapir und nachmittags im Büro Jonas Nansen. Deutlicher geht es nicht. Also kann ich genauso gut zwei sein. Ohne gleich in die Klapse gesteckt zu werden.

Allerdings bezweifle ich, dass ich jemals wieder normal auf meinem Schulstuhl sitzen und wie früher etwas vom Unterricht mitbekommen werde. Denn statt zuzuhören, grüble ich in der Englischstunde über meine Zeitplanung nach.

Entsprechend weggetreten muss mein Gesicht auf Frau Fischer gewirkt haben, denn nach dem Schlussgong schleift sie mich in eine Flurecke und fragt: »Sag mal Flora, hast du Probleme?«

»Nein, nein«, entgegne ich und schaue so ausdruckslos wie ein Tafelschwamm.

Dabei hätte ich gern etwas anderes geantwortet:

Probleme? Ich habe keine Probleme, Frau Fischer, sondern ein Pferd. Ich buchstabiere: P-f-e-r-d. Das, Frau Fischer, ist ein ausdauerndes Lauftier der Steppe. Verstehen Sie? Seine Beine sind nicht dafür gedacht, 23 Stunden am Tag in einer Box zu stehen. Sonst wird ein P-f-e-r-d nämlich krank, Frau Fischer. Doch statt abends mit meinem Pepper spazieren zu gehen, sitze ich bis Mitternacht über Ihren bescheuerten Chemie-Englischvokabeln. Mit einer Stirnlampe zum Lesen, damit meine Eltern nichts merken. Aber Probleme habe ich nicht, Frau Fischer. *Noch* nicht, muss ich sagen, denn ich fürchte, ich bekomme welche, weil der absolute Lieblingssatz meines Reitlehrers lautet: Hast du keine Probleme, kauf dir ein Pferd.

Aber diese Feinheiten über Pferde kann man jemandem wie Frau Fischer nicht vermitteln, deren einziges Haustier eine Computermaus ist.

Auf dem Weg von der Schule nach Hause trete ich wie verrückt in die Fahrradpedale. Obwohl ich mich so beeile, kommt erst um kurz vor drei unser kleines Reihenhaus in Sicht. Um vier beginnt der Unterricht für Reitschüler. Selbst wenn ich mich sekundenschnell auf den Habichthof beamen könnte – vor den Reitstunden schaffe ich es nicht, Pepper zu reiten.

Also muss ich schon wieder spät in den Stall. Wie gestern.

Frustriert werfe ich mein Rad in den Vorgarten und schlage auf die Klingel.

Heute darf ich also wieder bis Mitternacht pauken. Mit Stirnlampe.

»Sieht so eine stolze Pferdebesitzerin aus?«, fragt Mama verwundert, als sie die Tür öffnet.

Ich dränge mich an ihr vorbei in den Flur.

»Hä? Wie sehe ich denn aus?«

»Gereizt. Mit einem Anflug von unglücklich.«

Grunzend knalle ich meinen Schulrucksack auf die Treppe nach oben.

»Ach, die Fischer mit ihren blöden englischen Chemievokabeln nervt. Das war's schon.«

»Und du bist wirklich nicht überfordert mit allem?«

Forschend sucht Mama in meinem Gesicht nach einer eindeutigen Antwort. Sämtliche Mutterantennen fährt sie aus. Ein falsches Wort von mir und es heißt: Das Pferd ist schuld. Aber in meinem Pokerface wird sie nichts finden.

»Kann ich mein Essen mit raufnehmen?«, erkundige ich mich ganz zahm.

»Das gefällt mir nicht, dass jetzt alles so zwischen Tür und Angel abläuft«, sagt Mama zögernd. Aber sie macht den Weg in die Küche frei.

»Mmmh. Super, Mama. Crêpes mit Marmelade.«

Ich rolle mir zwei dünne Pfannkuchen zusammen, packe sie auf einen Teller und balanciere ihn aus der Küche.

»Muss bloß erst den richtigen Rhythmus finden«, beruhige ich meine Mutter und drücke ihr einen Kuss auf die Wange. Im Vorbeigehen hänge ich meinen Rucksack über die Schulter und sause die Stufen zu meinem Zimmer hinauf. »Entspann dich, Mama.«

Bevor ich mich mit den Crêpes aufs Bett werfe, hänge ich das unübersehbar große Schild »Störungen verboten!« an die Klinke. Mein Gedankenfluss verträgt jetzt keine Unterbrechungen.

Ich schiebe den Teller auf den Tisch, direkt unter das Regal mit meinen Pferdebüchern. Grimmig betrachte ich die ansehnliche Sammlung.

In meinen Kinderbüchern sah das Happy End immer anders aus. Das Lieblingspferd wurde gekauft und alle lebten glücklich und zufrieden bis ans Ende ihrer Tage. Zeitmangel? Das Wort existierte überhaupt nicht. Doch nun dämmert mir: Das wahre Reiterleben enthält auch einen Haufen komplizierter Probleme.

Jedenfalls ist mir das Happy End in meinen Büchern völlig falsch geschildert worden.

Was ich brauche, ist richtig guter Rat: Wie kann ich dreißig Stunden in einen Vierundzwanzigstundentag stopfen? Mit der Lösung wäre sogar unser oberschlauer Dr. Winkelmann überfordert. Bei solchen verzwickten Fragen kann nur Tapir helfen. Und ein großes Stück Crêpe, um meine Magennerven zu versöhnen.

Ich beiße ein Stück ab und schließe die Augen wie Pepper, wenn er eine Banane verdrückt.

Mein Handy meldet: 15.09 Uhr. Da müsste Tapir in seinem Büro sitzen. Hoffentlich guckt er nicht die ganze Zeit in das öde Bürgerliche Gesetzbuch, sondern auch mal auf sein Handy.

Ich lecke Erdbeermarmelade vom Daumen und simse eine kurze Mitteilung.

Hi Tapir, geheime Geheimfrage: Was hältst du von einer Reitbeteiligung? Ich meine grundsätzlich? Flo. Viiiel Schule, wenig Zeit.

Während ich den zweiten Pfannkuchen reinschiebe, vibriert mein Handy die Antwort ins Haus. Unser Supertapir! Stallfragen sind für ihn wichtiger als jeder Rechtsanwaltsfall.

Grundsätzlich kommt man selten ohne Reitbeteiligung aus. Hast du jemanden im Kopf? Tapir

Blitzschnell simse ich zurück:

Nö. I-wie nicht direkt. Vllt probiere ich einfach jemanden aus. Ich kann ja immer wechseln, wenn nix klappt. Flo

Jetzt dauert die Antwort einen Moment. Dafür kommt eine längere Predigt von Tapir.

Reitbeteiligung wechseln ist nicht problemlos. Überleg dir sehr gut, wen du nimmst. Wenn es schiefgeht mit der RB und ihr kriegt euch in die Haare, gibt es ständig gereizte Stimmung in der Stallgasse. Ihr seht euch ja jeden Tag. Tapir.

Seine Antwort passt mir überhaupt nicht. Klingt fast wie Mamas Lieblingsteebeutelspruch: »Was du beginnst, beginne es klug und bedenke das Ende«.

Der Satz stammt von einem berühmten Griechen namens Herodot und ist zweitausendfünfhundert Jahre alt, sagt Mama.

Ob dieser Herodot auch eine Reitbeteiligung hatte?

Tapir hätte mal lieber schreiben sollen: Nimm die oder nimm die.

Was ich brauche, sind Namen, Vorschläge, konkrete Tipps, keine altgriechischen Weisheiten.

Ein leises Gefühl von Panik sitzt mir im Nacken, als ich um halb fünf zum Habichthof fahre. Gerade mal die Hälfte meiner Hausaufgaben sind abgehakt. Wenn ich im Dunkeln zurückkomme, erwarten mich noch meine geliebten Englischvokabeln und vier langweilige Seiten aus dem Geschichtsbuch.

Hoffentlich hat dein Akku noch genug Saft, Stirnlampe!

Weg mit dem Gedankenmüll. Pepper wartet und wenn er mich sieht, darf kein einziger Stresskrümel in meinem Gehirn festsitzen.

Kaum setze ich die erste Stiefelspitze in den Stall, verfliegen meine Bauchschmerzen. Wie weggezaubert. Man müsste Pferde auf Krankenschein verordnen.

Als ich um die Ecke biege, steht mein schönes Pferd mit hoch erhobenem Kopf in der Box. Aufmerksam verfolgt Pepper jede meiner Bewegungen, und als ich näher komme, macht er drei Schritte zur Boxentür, als könnte er genau ausrechnen, wann ich dort eintreffe – und es stimmt haargenau.

Freudig brummelt er mir seine Begrüßung entgegen, als ich die Tür öffne.

Für diesen Glücksmoment lohnt sich jeder Schulstress!

Ich nehme Peppers Kopf in die Hände und reibe seine Backen. Mit halb geschlossenen Augen bewegt er den Kopf.

»Du alter Genießer«, flüstere ich ihm zu und ziehe vorsichtig an einem Ohr. »Du willst aber auch nicht in der kleinsten Ecke kuschelfrei bleiben.«

Pepper grunzt ein bisschen und genießt das Kraulen ausgiebig.

»Komm, wir gehen spazieren.«

Eilig verlässt er die Box, als ich den Führstrick schwenke. Die Geste kennt Pepper. Es geht nach draußen! Ohne zu zögern, schlägt er nach Verlassen der Box den Weg nach rechts ein – zum Hof, zum Reitweg, ins Grüne. Wie gut er mich kennt. Pepper weiß genau: Ohne ihn zu putzen, gehe ich nie in Richtung Halle zum Reiten.

Mit großen Schritten zieht er mich in Richtung Gelände, wo am Zaun zwischen Sandweg und Weide ein schmaler Grasrand wächst. Kaum sind wir am ersten Hälmchen angelangt, senkt Pepper den Kopf und zupft verzückt das junge Gras ab.

Vom Hof kommt jemand mit wehenden blonden Haaren auf mich zu. Ich kneife die Augen zusammen. Janne, mit der ich früher in einer Gruppe geritten habe. Früher, als ich noch kein Privatreiter war. Wie das klingt.

Vielleicht will Janne ja gar nicht zu mir? Wäre mir lieber. Ich möchte allein sein mit Pepper. Aber Janne schlendert eindeutig in meine Richtung und ich kann sie schlecht ignorieren, als sie vor mir stehen bleibt und eine Zeit lang durch die Lücke ihrer Vorderzähne pfeift. Diesen besonderen hohen Ton kriegt nur sie hin.

»Schönes Pferd«, sagt Janne schließlich.

»Hm. Kennst ihn ja.«

Pepper lässt sich nicht stören. Ohne Pause zupft er an den zarten Hälmchen.

Janne streckt die Hand aus und legt sie auf Peppers Widerrist. Stirnrunzelnd sehe ich mir diesen Übergriff an. Am liebsten würde ich sagen: Nimm die Finger von meinem Privatpferd.

Aber wie hört sich das an? Sofort würde es im Stall heißen: Seit Pepper Privatpferd ist, denkt Flo, sie ist was Besseres. Ich beiße mir auf die Zunge und dulde Jannes Hand auf *meinem* Pferd.

»Wollte nur sagen«, sagt sie und sieht sich dabei um, ob jemand zuhört, »falls du mal jemand zum Reiten für Pepper brauchst . . .«

Aha, daher weht der Wind. Janne denkt an eine Reitbeteiligung.

»Ist gut.«

Ich nicke und lasse offen, was ich mit Jannes Information anfangen will. Janne ist okay, geht in die 7c, reitet ganz anständig. Andererseits: ein Mädchen aus der Siebten, die jetzt schon weiß, dass sie später den Mathe-Leistungskurs nimmt???

Janne dreht sich um und macht sich unschlüssig auf den

Weg zurück zum Hof. Mit beiden Händen ordnet sie ihr Haar und pfeift wieder durch die Zahnlücke, als wäre das Leben unkompliziert und schön. Dabei merke ich ganz genau, dass sie gerade alles andere als glücklich ist. Plötzlich komme ich mir mies vor. Hätte jemand anders mir Pepper weggekauft, wäre ich auch verrückt auf eine Reitbeteiligung gewesen. Hätte ich nicht freundlicher sein können?

»Danke«, brülle ich ihr nach, um doch noch etwas Nettes zu sagen. Zu spät. Schon fällt die Stalltür hinter ihr zu.

Schuldbewusst gebe ich mir zwei miese Punkte auf meiner »Fiese-Flora-Skala«.

Nachdem Janne verschwunden ist, führe ich Pepper ein Stück weiter zum Wald, wo das Gras höher steht und dichter wächst.

Als wir endlich den besten Platz gefunden haben, tauchen auf dem Waldweg kaugummikauend die Zwillinge Tessy und Kriss auf. Eine von beiden – wer, erkenne ich natürlich nicht – hat Avatar an der Leine, ihren rauhaarigen Jack-Russell-Terrier. Entgegen ihrer Gewohnheit tragen die Zwillinge blaue Reithosen und Westen. Sonst erscheinen sie gern in Girlie-Klamotten wie Melly.

Ihr Terrier reißt an der Leine. Sicher wittert Avatar ein Kaninchen, er zerrt und jault in einem fort.

»Tessy«, sagt das Mädchen am Ende der Hundeleine und danach: »Nimmst du eine Reitbeteiligung auf Pepper?«

Die Zwillinge haben sich angewöhnt, zur Begrüßung erst mal ihren eigenen Vornamen zu nennen, damit wir nicht irre werden. Danach ist es ein bisschen wie beim Hütchenspielen: Man muss nur im Auge behalten, wer sich wohin bewegt.

»Äh«, sage ich lahm.

Auf Fragen nach einer Reitbeteiligung bin ich schlecht vorbereitet. Ich dachte, ich könnte mir in aller Ruhe selber eine aussuchen. Aber dass die Reiter zuerst *mich* nach einer RB fragen, überrumpelt mich.

Warum hat Emily mich nicht gewarnt? Die muss das doch auch erlebt haben, damals, als sie Alpino bekam.

Tapirs SMS schwirrt mir durch den Kopf: »Überleg dir sehr gut, wen du nimmst.«

Die Zwillinge sind nicht schlecht. Eine von ihnen müsste immer Zeit haben. Verträglich sind Kriss und Tessy auch. Nur weiß ich manchmal nicht, ob sie auf meiner Seite sind oder auf der von Melly und Gloria. Und ob sie sich von deren bescheuerten Ideen anstecken lassen.

Kriss verzieht das Gesicht.

»Was denn nun? Wir sind doch wohl der Knaller als Zwillinge.« Sie grinst. »Wo findest du eine Reitbeteiligung, die gleich zweimal einspringen kann?«

»Stimmt, aber ich weiß noch nicht«, sage ich wahrheitsgemäß. »Eigentlich möchte ich Pepper ziemlich gern erst mal allein haben, wo er so lange Schulpferd war. Aber ob ich das schaffe mit der Schule, keine Ahnung.«

Kriss schiebt ihren Kaugummi von einer Backe in die andere und nickt seufzend. Avatar zieht Tessy zu mir herüber, sie fliegt fast hin und die Leine wickelt sich um Peppers Beine.

»Vorsicht, dein Hund!«

Zum Glück reagiert Pepper völlig entspannt, zieht das Bein aus der Schlinge, und bevor er weiterfrisst, beschnuppert er im Vorbeigehen Avatars Ohren. Der Jack Russell fiept und legt sich neben Pepper ins kurze Gras. War er vorhin gar nicht hinter Kaninchen her? Wollte er zu Pepper? Zwischen den beiden stimmt die Chemie, das steht fest. War mir bisher nicht aufgefallen.

Tessy beeilt sich, die Leine zu lösen und den Karabinerhaken neu einzuklinken.

Ist die Hundeliebe ein Zeichen?, geht mir durch den Kopf. Kann ich die Zwillinge als RB ins Auge fassen?

Ich nehme es so.

»Vielleicht in den Ferien«, schlage ich vor. »Kann sein, dass meine Eltern mich zwingen, mit ihnen in Urlaub zu fahren. Dann brauche ich definitiv jemand.«

Tessy nickt zufrieden und wendet sich zum Gehen. »Geritzt. Wehe, du überlegst es dir anders.«

Kriss schließt sich ihr an. »Man sieht sich. Komm, Avatar.«

Der Terrier sträubt sich und lässt sich stocksteif nachziehen wie ein Holzspielzeug auf Rädern. Ich glaube, er wäre gern noch länger geblieben. Pepper brummelt ihm Grüße nach.

Schon halb sechs. Zeit zurückzugehen. Das kann ich ganz allein entscheiden!

An dieses prickelnde Gefühl der Macht muss ich mich erst gewöhnen. Eben gehörte Pepper noch allen, jetzt nur noch mir. MIR, MIR, MIR.

Gehe ich nicht erheblich aufrechter als sonst den Weg zum Stall hinauf? Womöglich sogar . . . auch hochmütiger?

»Hochmut kommt vor dem Fall«, lautet unser aktueller Teebeutelspruch.

Diese Weisheit steht schon in der Bibel, sagt Mama, und ich soll um jeden Preis vermeiden, wie eine arrogante Gans durch den Stall zu stolzieren. Denn, sagt Mama, man kann schnell stolpern und fallen. Und wenn man am Boden liegt, trampeln alle auf einem herum. Das meint sie als Bild. Meine Mutter glaubt nicht wirklich, dass Tapir und Habi mir in die Rippen treten – nicht mal Melly oder Gloria –, sondern dass man einen Pechvogel verspottet, falls er vorher hochmütig war.

Schon klar, Mama.

Allerdings weiß ich nicht, worüber *ich* stolpern und fallen sollte.

Pepper merkt sofort, dass ich mich bei dem Wort »stolpern« verspanne, denn er verzögert den Schritt und sieht mich von der Seite an.

Irgendwas nicht in Ordnung?, fragt sein prüfender Blick.

»Doch, alles okay.« Beruhigend tätschele ich seinen Hals. »Nur dass ich über Nacht von Level drei auf Level sechs hochgestiegen bin. Und keinen Schimmer habe, was ich dazwischen verpasst habe. Weißt du, was ich meine, Pepper?«

Scheint so, denn er trottet wieder mit entspannt hängender Unterlippe neben mir her.

Vor dem leeren Paddock binde ich ihn an den Anbindepfosten und gehe zum Stall, um Putzzeug zu holen.

Mit gespitzten Ohren sieht Pepper mir nach.

In der Sattelkammer leuchtet mir ein gelber Haftzettel von Peppers Sattel entgegen. Nachricht vom Chef. Das weiß ich, ohne näher hinzugucken. Gelbe Notizzettel sind das Höchste, was Lennart Habicht der modernen Kommunikation abgewinnen kann. Computer, Internet, Netzwerke, damit steht unser Chef auf Kriegsfuß. Habi kriegt schon zu viel, wenn Reitermütter ihm SMS schicken.

Er wünscht sich die Zeit der Rauchzeichen zurück, glaube ich. Und träumt von Lagerfeuern, an denen er mit seinem kleinen Sohn Johnny sitzt und aus blauen Emailletassen trinkt. Wie in Cowboyfilmen.

Ich zupfe den gelben Zettel ab. Was will der Chef mir mitteilen?

Hallo Flora. Leg dir einen Stallkalender für Pepper an, damit du den Überblick behältst. Trag folgende Termine ein: fällige Impfungen, Wurmkuren und Schmied. Eisen braucht Pepper alle 6–8 Wochen. Letzter Beschlag war am 2. März.

Süß von ihm.

Ich stecke den Zettel ein und durchquere mit meinem Putzkasten die Stallgasse Richtung Hof.

Gerade fange ich an, Pepper zu putzen, da schießt Emily um die Ecke.

»Reitest du um sechs?«, hechelt sie.

»Na klar, was denkst du denn?«

»Cool. Dann bin ich nicht allein mit den Durchgeknallten in der Halle.« Schon rennt Emily zur Stalltür. »Warte, ich hole Alpi zum Putzen nach draußen.«

Alpino geht mit ausgestrecktem Hals auf Pepper zu. Mit ihren Nasen nehmen sie Kontakt auf und reiben ihre Wangen aneinander.

Sie mögen sich. Zum Glück, denn im Sommer stehen sie künftig mit ein paar anderen Privatpferden auf einer eigenen Weide.

»Melly und Gloria dürfen nach dem Unterricht oft noch ein paar Minuten länger reiten, weil sie ja schon ein bisschen weiter sind als der Rest ihrer Abteilung, und dann machen sie immer blöde Bemerkungen, wenn Herr Habicht nicht zuhört.«

»Was sagen sie denn?«

Emi zählt auf: »Ein Haflinger ist doch das Allerletzte, da schleift man ja mit den Füßen über die Erde, wie kann man nur so ein Bauerntier reiten . . .«

»Die Mistbienen!«

»Wenn du dabei bist, trauen sie sich nicht.«

Ich seufze. Das grenzt schon an Mobbing und das kann ich nicht dulden. Ich bin und bleibe Emilys Beschützerin. Für solche Beschützerdienste müsste ich eigentlich Schutzgeld von ihr kassieren. Weil ich das nicht mache, gebe ich mir acht Punkte auf meiner »Feine-Flora-Skala«. Wenn ich tot bin, kriege ich hoffentlich eine fette Belohnung im Himmel.

Als Emily und ich unsere Pferde in die Halle führen, marschiert Habis Schulpferdeabteilung gerade auf. Beim Aufsitzen sehe ich Melly und Gloria auf Flemming und Collin auf den oberen Zirkel gehen, während die restlichen Reiter die Halle verlassen. Kaum ist Habi verschwunden, zieht Gloria ihr Handy hervor. Ihr Daumen fliegt über die Tasten, obwohl er samt Handy auf dem Zügel liegt. Das muss doch Collin im Maul stören!

Emi wirft mir einen furchtsamen Blick zu, als die Durchgeknallten an uns vorbeireiten, aber die sagen kein Wort zu ihr.

Klar, weil *ich* da bin!

Wahrscheinlich verleiht mir der Bundespräsident demnächst das Bundesverdienstkreuz für meinen Einsatz für Emily.

Gerade bin ich eine Runde geritten, als Gloria plötzlich antrabt. In meine Richtung! Als sie mit Schulpferd Collin neben mir ankommt, pariert sie mit dem Handy am Zügel durch zum Schritt.

Hä? Gloria reitet freiwillig in meine Nähe? Habe ich Halluzinationen? Oder hat sie ihre eigene Software nicht im Griff? Neben mir reiten, das hätte Gloria früher nur gemacht, wenn der restliche Hallenboden mit Stacheldraht bedeckt gewesen wäre.

Schon legt Gloria los. Kaum haben die ersten Worte ihre schwarz umrandeten Lippen verlassen, weiß ich, was Sache ist. Auch sie peilt eine Reitbeteiligung an.

»Unsere schönen Braunen sehen hammer nebeneinander aus.«

Unsere Braunen?

Sie meint wohl: *Dein* Brauner und das Schulpferd Collin ... Was erzählt Gloria plötzlich von schönen Pferden mit braunem Fell? Sonst schwärmt sie doch ständig von Rappen. Von Flemming beispielsweise, der viel besser zu Glorias schwarzem März-Outfit passen würde. Den Brandenburger Wallach reitet heute Melly.

Dass ich schweige, stört Gloria nicht. Unser Pseudogrufti plappert munter weiter.

»Sollen wir nicht am nächsten Reiterfest beim Paarreiten mitmachen? Du Pepper, ich Collin?«

Gloria bläst sich auf wie ein Auerhahn auf Brautschau. Und ich bin die Braut.

Pepper bewegt die Ohren nach hinten und verspannt sich. Er mag es nicht, wenn andere Pferde so dicht aufreiten, dass sie uns bequem in den Sattel beißen könnten. Ich drehe mich um.

Flemming ist uns mit Melly auf den Fersen. Vor Ärger stöhnt sie auf, weil sie Glorias Geschleime mit anhören muss.

Als Melly meinen Blick auffängt, verzieht sie das Gesicht zu einem gezwungenen Lächeln, das ihr voll misslingt. Sie gibt sich allergrößte Mühe, ihre nette Seite hervorzukehren. Wie vor ihr bereits Gloria, Janne und die Zwillinge.

Letzte Woche noch hätte ich bei diesem Grinsen einen passenden Spruch losgelassen, heute stimmt mich meine neue Königsposition nachsichtig. Mit Peppers Pferdepass in der Tasche muss ich keine Giftpfeile auf Melly abschießen.

In meiner milden Majestätenlaune gefalle ich mir spitzenmäßig.

Melly treibt Flemming voran und drängt ihr Pferd zwischen Pepper und Collin.

»Geht's noch!« Vom Eingang donnert Habis Stimme in die Halle. »Bleibt mit den Pferden auseinander. Ich will hier keine Schlägerei.«

Erschrocken nimmt Melly die Zügel an und holt Flemming zurück.

»Hoffentlich ist das Handy bald verschwunden«, bellt Lennart Habicht weiter.

Bevor er sich noch mehr aufregen kann, wird er von hinten angesprochen. Eine streitlustige Frauenstimme. Leider sieht man von meiner Position aus nicht, wer unseren Chef mit Beschlag belegt, obwohl ich mich so weit zur Seite beuge, dass ich fast aus Peppers Sattel rutsche. Doch als es innerhalb von wenigen Sekunden vor der Tür laut wird, ist mir alles klar.

»Meine Tochter hat Pepper bisher gut geritten. Ich finde, Sie könnten dafür sorgen, dass sie die Reitbeteiligung an ihm bekommt.«

Natürlich. Frau Dr. Lanz in ihrer Paraderolle als rächende Mutter.

Vor Entsetzen fällt Melly fast vom Pferd. Dunkelrot vor Scham linst sie zu mir herüber. Es kommt nicht oft vor, dass ich Melly bemitleide. Aber jetzt. Andererseits ist sie selbst schuld. Warum spannt sie auch ihre komische Mutter immer zu ihrem Vorteil ein? Dann muss die Frau ja irgendwann überzeugt sein, Melly und sie seien ein unschlagbares Team.

Was Herr Habicht und Frau Dr. Lanz sich weiter an den Kopf werfen, hören wir nicht, weil beide mit gedämpfter Lautstärke weiterreden.

Auf einmal schießt Mellys Mutter an die Bande und reißt die Holztür auf. Mit wehender Jacke stürmt sie durch die Späne auf uns zu.

Alarmiert bleiben unsere Pferde stehen. Ihre Ohren spielen. Peppers Rücken spannt sich unter meiner Reithose an. Sofort beginne ich zu summen, Tapirs Tipp für nervöse Pferde. Es hilft. Aber nur bei Pepper. Alpino sucht mit Emily im Sattel das Weite. An der kurzen Seite galoppiert er an und schwenkt drohend den Kopf in Frau Lanz' Richtung.

Pepper gibt einen kleinen aufmunternden Laut von sich. Für mich klingt der wie: *Richtig so, Alpi. Vertreib sie.*

Gebieterisch hebt unsere Chefpsychologin die Hände in Emilys Richtung.

»Halt mal an.«

Mit dem Erfolg, dass Alpi auf dem Huf kehrtmacht und quer durch die Halle fetzt. Sägespäne wirbeln hoch und hinterlassen einen grauen Staubschleier auf der Psychologin.

Hoffentlich buckelt Alpi Emily nicht runter. Bitte nicht vor diesem Publikum.

Mellys rotes Gesicht unter der Reitkappe wird noch eine Spur dunkler. Der totale Albtraum: Eine Mutter blamiert ihre Tochter bis auf die Knochen. Vor allen anderen.

»Mama, das kannst du nicht machen.«

Heulend sitzt Melly auf Flemming. Frau Lanz heult jetzt auch. Richtig laut.

Furchtbar. Ich fühle mich schuldig und unbehaglich.

»Frau Lanz! Das geht zu weit.«

Habi durchquert die Halle und bedeutet Mellys Mutter, ihm an die Bande zu folgen.

»Kommen Sie raus da.«

Als der Chef sich nähert, beruhigt Alpi sich und fällt in Schritttempo.

Mit äußerster Vorsicht tupft Frau Lanz ihre Wimpern mit dem Taschentuch ab. »Meine Tochter reitet seit vier Jahren bei Ihnen.«

Zwar entfernen die beiden sich bis an den Ausgang, aber Frau Dr. Lanz' aufgeregte Stimme dringt problemlos auch noch in den hintersten Winkel der Halle.

»Die ganze Zeit haben Sie gut an Melly verdient.«

»Bitte?«

»Da könnten Sie wohl etwas gefälliger sein. Und der Flora Rohde meine Tochter als Reitbeteiligung empfehlen.«

»Frau Lanz, das ist einzig und allein Floras Sache.«

»Es gibt noch andere Reitställe, Herr Habicht. Meine Tochter kann ebenso gut woanders reiten. Dann melde ich Melly eben bei Ihnen ab.«

Genervt hebt Herr Habicht beide Hände und faltet sie über seiner Baseballkappe.

»Meine Güte, dann wechseln Sie eben. Reisende soll man nicht aufhalten.«

Reisende soll man nicht aufhalten.

Ein klasse Teebeutelspruch. Muss ich mir für Mama merken. Und was er für eine Wirkung hat. Zumindest auf Melly, denn die hockt nun in Schockstarre auf Flemming. Stallwechsel? Dann würde sie Pepper ganz verlieren.

Mellys zuckende Schultern kann ich beim besten Willen nicht übersehen.

Meine Gedanken kreisen plötzlich um die Frage: Was, wenn es umgekehrt gekommen wäre? Mellys Mutter hätte Pepper gekauft und *ich* müsste zusehen?

Ungewolltes Mitleid mit Melly überschwemmt mich. Seit ich Pepper habe, sehe ich sie in einem milderen Licht. Wie alles. Melly tut mir leid. Trotz ihrer blöden Art. Kann man bei so einer Mutter überhaupt normal bleiben?

Ich drehe mich zu Melly um und irgendetwas lässt mich sagen: »Ich nehme wahrscheinlich gar keine Reitbeteiligung. Hat nichts mit dir zu tun.«

Durch einen dichten Tränenschleier blinzelt Melly mich dankbar an.

Da hämmert erneut die Stimme von Frau Dr. Lanz auf mein Trommelfell ein.

»Herr Habicht! Sie wissen genau, dass es in der Nähe keinen anderen Reitstall gibt.«

Der Chef zuckt hektisch die Schultern. Diese Bewegung kennen wir alle im Stall: Der Mann steht kurz vorm Explodieren. Er sieht sich in seiner meistgehassten Rolle – als Raubtierdompteur.

»In solchen Momenten«, hat er uns in einer schwachen Stunde gestanden, »möchte ich zur Longierpeitsche greifen und jeden auf ein Postament in eine Ecke dirigieren, wo er nichts mehr anrichten kann.«

Sicher ahnt Frau Lanz das nicht, sonst würde sie endlich aufhören zu jammern.

»Ich kann meine Tochter nicht zweimal in der Woche durch die halbe Stadt zur nächsten Reitanlage kutschieren.«

»Schicksal«, brummelt Stalldompteur Habi. Mit großen Schritten verlässt er die Halle, die die Psychologin in einen Raubtierkäfig verwandelt hat.

11.

Der Auftritt der aggressiven Löwin Dr. Lanz hat mir gereicht.

Als die Reitstunde vorüber ist, führe ich Pepper vor allen anderen in die Box, sattle schnell ab und verkrieche mich bei ihm. Während Melly, Gloria und Emily ihre Pferde putzen, drücke ich mich an die hölzerne Trennwand zur Nachbarbox. Sie müssten schon ihre Nasen über die Halbtür hängen, um mich zu entdecken.

Mich soll heute niemand mehr ansprechen, Pepper.

Mein großer Brauner findet das auch, denn während er mit den Lippen ein Bündel Stroh ergreift, stupst er mich mit der Stirn an.

Genau. Wir gehören zusammen.

Neben seinen Hufen kauere ich im frisch eingestreuten Stroh. Ich kann nicht widerstehen, eine Handvoll zu greifen und daran zu schnuppern. Wie gut das duftet. Mein T-Shirt ist feucht. Kühle kriecht über meinen Rücken. Ich müsste meine Jacke vom Haken in der Stallgasse holen, aber dann könnte ich mich genauso gut vor Peppers Box aufbauen und rufen: Hallo, hier bin ich. Will mich noch jemand auf eine Reitbeteiligung ansprechen?

Mein linker Fuß schläft ein. Aus meiner unbequemen Position heraus verlagere ich ächzend das Gewicht. Das ist doch krank: Ich hocke in einem Versteck, nur um meine Ruhe zu haben. Wozu habe ich ein eigenes Pferd, wenn ich mehr um Pepper kämpfen muss als zu Zeiten, als er noch Schulpferd war?

Am liebsten würde ich meinen Schlafsack von zu Hause holen und bei Pepper übernachten. Sobald ich »zu Hause«

denke, folgt unweigerlich als zweiter Gedanke: Hausaufgaben. Mein Mathebuch wartet.

»Ist Flo schon weg?«

Mellys fragende Stimme.

Automatisch drücke ich mich neben Pepper tiefer ins Stroh.

Bitte jetzt nicht äpfeln, Pepper.

Dann höre ich Gloria: »Sieht so aus. Komm, wir verschwinden, Habi hat heute schlechte Laune.«

Die Stalltür fällt ins Schloss.

Mit steifen Beinen richte ich mich auf. Wenn ich nicht ebenfalls schnellstens verschwinde, holt Papa die Polizei. Um mich zu suchen. Himmel, muss ich demnächst einen Punkt »Verstecken spielen« auf meine Zeitliste setzen?

»Bis morgen, mein Schatz.«

Ich drücke Pepper einen Kuss auf die Wange und will gerade gehen, da sitze ich bereits wieder in der Falle.

Auf der Stallgasse drücken sich zwei Antike herum. Annette Tauscher und Eva Vollmer, beide mollige Frauen um die vierzig. Reiten schon lange auf dem Habichthof, immer abends. Als ich Peppers Boxentür schließe, stürzen sie sofort auf mich zu.

»Wie nett, dich zu sehen, Flora«, sülzt Frau Tauscher. Was ist mit ihrer Stimme passiert? Sonst redet sie doch normal. »Meinen herzlichen Glückwunsch zu deinem prachtvollen neuen Pferd.«

»Von mir ebenfalls«, flötet Eva Vollmer. »So ein toller Bursche, dein Pepper. War immer mein Lieblingspferd.«

»Meins aber auch.«

Eifersüchtig mustern die Frauen sich gegenseitig. Schlagartig wird mir klar: Die sind ebenfalls hinter einer Reitbeteiligung her. Da hilft nur Flucht.

Ich drücke mich an ihnen vorbei zum Ausgang.

»Danke. Schönen Abend noch.«

»Warte doch mal.«

Annette Tauscher hält mich am Ärmel fest.

»Ich würde gern mit dir über Pepper sprechen.«

Eva Vollmer erwischt mich am anderen Ärmel.

»Da ist ja eine ganz neue Situation entstanden«, säuselt sie. »Du gehst doch aufs Gymnasium, da kannst du sicher nicht jeden Tag zum Reiten kommen.«

Diese weiche Stimme, als ob sie Kreide verschluckt hätte, genauso seltsam hat Mellys Mutter vor Peppers Kauf mit mir geredet. Rechts und links halten mich die Antiken fest. Hilfe! Schon wieder komme ich mir vor wie eins der sieben Geißlein, kurz bevor es verschlungen wird.

Pepper beugt sich ins Stroh hinab, als ich hilfesuchend in seine Box schaue. Lacht er etwa? Zumindest wirken seine hochgezogenen Lefzen so. Wahrscheinlich freut er sich diebisch, dass er kein Mensch ist.

Die Antiken reden und reden. Sie sind schrecklich nett zu mir, dabei haben sie mich die letzten vier Jahre kaum wahrgenommen. Ich wette, bis gestern wussten die nicht mal meinen Namen.

»Wir können doch du sagen«, schlägt Annette Tauscher aus heiterem Himmel vor. »So unter Reitern. Ich bin die Annette.«

»Und ich die Eva.«

Und dann reden sie weiter so geschwollen und erwachsen mit mir, als hätte sich mein Alter über Nacht umgedreht. Von knapp vierzehn auf einundvierzig. Die beiden sind ja nicht übel, aber Lichtjahre von mir entfernt. Ich kann doch nicht auf einmal Annette und Eva zu zwei Antiken sagen. Jede von ihnen ist alt genug, um meine Mutter zu sein. Danke, ich habe schon eine.

Mein Handy vibriert. Eine Gelegenheit, mich aus den Griffen zu befreien. Ich ziehe mein Handy hervor und sehe aufs Display. Mama.

Bist du noch im Stall?

Während die Antiken weiter auf mich einreden, simse ich zurück.

Schon unterwegs.

Jetzt reicht es.

»Meine Eltern machen sich Sorgen. Tut mir leid, ich muss wirklich los.«

Kann ich vielleicht irgendwann in Ruhe mit meinem Pepper schmusen? Und ihn einfach nur normal reiten? Oder muss ich mich ab sofort von allen zutexten lassen?

Völlig erschöpft mache ich mich durch die Dunkelheit auf den Weg nach Hause.

12.

Mama steht Ausschau haltend unter der erleuchteten Nummer 6a, als ich zehn Minuten später vor unserem Haus vom Rad springe.

»Wir haben uns Sorgen gemacht«, empfängt sie mich und streicht ihre glatten Haare noch glatter. »Du allein um diese Zeit unterwegs. Im Dunkeln. Das gefällt mir ganz und gar nicht.«

»Mama, es ist Frühling.«

»Dunkel ist dunkel.«

Reicht es nicht, dass mich im Stall alle nerven? Geht der Stress zu Hause weiter? Ach Pepper, das haben wir nicht verdient.

Ich atme tief ein, als ich das Rad in den Ständer vor den frisch gepflanzten Primeln ramme.

Nicht aufregen, Flora. Tritt keinen Streit los. Das kostet nur Zeit.

Papa schiebt seinen Kopf durch die Tür.

»Musst du etwa noch Hausaufgaben machen?«

»Nur noch Mathe.«

»So haben wir nicht gewettet, Flora.«

Oha. Papas Stimme kommt mit diesem markigen Klang rüber, der jedes Mal eine Grundsatzdiskussion verheißt. Da geht es auch schon los.

»Unsere Abmachung war folgende, Flora: Pferd ja, Schule vernachlässigen nein.«

Solche Abmachungen können sich nur Menschen ausdenken, die unter totalem Realitätsverlust leiden. Wie soll das gehen? Ein Pferd und trotzdem satt Zeit für Hausaufgaben?

Wer jeden Tag dreieinhalb Stunden im Stall verbringt,

muss die Schule zwangsläufig vernachlässigen. Das ist so sicher wie der Lehrsatz des Pythagoras.

»Ich vernachlässige die Schule nicht, Papa. Darf ich rein oder soll ich zwischen den Primeln übernachten?«

»Nicht in diesem Ton, Madame.«

Vorteil für Papa. Im Moment bin ich auf der schwachen Seite, da kommt es nicht gut, eine dicke Lippe zu riskieren.

Wortlos verschwinde ich durch die Diele über die Kellertreppe nach unten. In der Minigarderobe im Hobbykeller tausche ich im Zeitlupentempo meine Reitsachen gegen Jeans und Sweatshirt aus.

Sorgfältiger als sonst hänge ich meine Reithose auf, streiche die Weste glatt und platziere die Stiefel ausgerichtet nebeneinander auf das Abstellgitter. Ich setze darauf, dass meine Eltern keine Lust haben, in der Diele ewig auf mich zu warten. Mit Glück verziehen sie sich vom Esstisch auf die Fernsehcouch ins Wohnzimmer. Dann kann ich klammheimlich nach oben verschwinden. Von der Couch sehen sie mich nicht, wenn ich die Treppe zu meinem Zimmer hochsteige.

Auf Socken klettere ich die Kellertreppe geräuschlos hinauf und lausche in die Diele. Vorsichtig luge ich durch den Türspalt.

Unter dem wandhohen Flurfenster sitzen meine Eltern wie festgeklebt in unserer kleinen Essecke. Mist.

Papa redet sofort weiter, als er mich im Kelleraufgang sichtet. Als sei unser Gespräch nicht volle fünf Minuten unterbrochen gewesen.

»Thema Reitbeteiligung, Flora. Da müssen wir Nägel mit Köpfen machen.«

Ächzend lasse ich mich auf einen Lederstuhl fallen und stopfe mir zwei Radieschen vom Esstisch in den Mund.

»Ihr könnt euch nicht vorstellen, wie mich im Stall alle belagern. Pepper ist schwer beliebt, *jeder* will eine Reitbeteiligung. Sogar zwei Frauen haben mich heute angequatscht. So alt wie du, Mama.«

Mama richtet sich kerzengerade auf.

»Was soll das heißen, so alt wie ich?«, fragt sie pikiert.

Schon wieder ein Fettnäpfchen. Sobald die Sprache auf ihr Alter kommt, fühlt Mama sich angegriffen.

»Ach, Erwachsene eben.«

Ist doch total egal, ob jemand dreißig oder vierzig oder fünfzig ist – alt ist alt. Wo ist der Unterschied?

Wenn ich meinen Eltern nicht entgegenkomme, reagieren sie todsicher noch gereizter. Ich versuche es mit einem Kompromiss.

»Okay, lasst es mich ein paar Monate allein probieren. Bis zu den Sommerferien. Nach den Ferien suche ich mir definitiv eine RB. Versprochen.«

Papa schüttelt den Kopf.

»Und was ist, wenn du vorher ausfällst?«

»Ich falle nicht aus.«

»Du könntest Grippe kriegen«, wirft Mama ein. »Oder dir den Magen verderben. Salmonellen. Noroviren. Und was passiert, falls du dir den Fuß verstauchst? Oder dir das Wadenbein brichst wie Dani letzten Sommer? Dann muss schnell jemand einspringen.«

Hat sich schon mal jemand totgeplant? Meine Eltern können einfach nicht anders, sie denken alles in alle Richtungen durch.

»Mama! Warum soll ich mir plötzlich ein Bein brechen? Ich habe mir noch nie etwas gebrochen. Vierzehn Jahre nicht. Warum jetzt?«

Mama bleibt hartnäckig.

»Aber wenn? *Wir* können dein Pferd jedenfalls nicht durchamüsieren.«

Verstohlen sehe ich auf die Uhr. Fast neun. Zu meinem chronischen Zeitmangel gesellt sich nun auch noch diese überflüssige Familiendiskussion.

»Ich könnte mir auch Malaria einfangen«, sage ich unschuldig, »Gelbfieber. Ebola. Cholera. Tollwut. Oder die afrikanische Pferdepest.«

Mama übergeht meine Bemerkung.

»Nimm doch eine von den Frauen«, schlägt sie vor. »Volljährige eignen sich am besten als Reitbeteiligung. Schon wegen der Haftung. Wenn etwas passiert, erleichtert das die Sache. Sonst könnte das eine Katastrophe werden.«

»Wenn etwas mit Pepper passiert, ist das *immer* eine Katastrophe. Unter achtzehn oder über achtzehn.«

Mama seufzt genervt und wendet den Blick Richtung Decke.

»Du willst mich nicht verstehen«, sagt sie.

Ihren Augen sehe ich an, dass sie sich an unseren letzten sensationellen Teebeutelspruch erinnert. Von ihrem Liebling Schiller: »Mit der Dummheit kämpfen Götter selbst vergebens.«

Stimmt. Ich will sie nicht verstehen.

Natürlich weiß ich genau, was Mama meint. Denn diese unselige Idee mit einem Erwachsenen als Reitbeteiligung hat mir auch Tapir aufgetischt. Neulich kam wieder der Jurist in ihm durch.

»Falls tatsächlich beim Reiten etwas passiert«, sagte Tapir, »lassen sich die Folgen mit einem Erwachsenen als Reitbeteiligung direkt regeln. Zum Beispiel, wer den Tierarzt bezahlt, wenn das Pferd sich verletzt. Bei Jugendlichen als RB muss man jede Kleinigkeit mit den Eltern ausfechten.«

Ein Albtraum, wenn es um schwierige Mütter wie Frau Dr. Lanz geht.

Schon gut. Alles richtig. Trotzdem. Ich will keinen Erwachsenen als Reitbeteiligung. Alles in mir sträubt sich dagegen. Die alten Säcke möchte ich mir nicht auf Pepper vorstellen. Am Ende halten sie sich noch für erziehungsberechtigt und wollen mir Tipps geben.

Never ever.

»Morgen früh erwarten wir deine Entscheidung«, brummt mein Vater und Mama ergänzt: »Leg eine Liste der möglichen Reiter an. Um deine Gedanken zu ordnen. Mit Pro und Contra, Plus und Minus.« Da spricht die Bankfrau.

Papa steht auf und klopft auf den Tisch. »Und jetzt Schluss mit Pferden. Bevor ich zu wiehern anfange.«

Gut Papa, du willst es nicht anders. Dann schreibe ich Mathe eben morgen vor der ersten Stunde auf dem Klo ab. Das möchtest du doch, oder?

Ich nehme zwei Stufen auf einmal zu meinem Zimmer hinauf.

Beides schaffe ich nämlich nicht, oh großer Bestimmer. Die blöde RB-Liste für dich und das ganze Gedöns um den Schnittpunkt von Mittelsenkrechten im Dreieck für Dr. Winkelmann.

In meinem Zimmer stoße ich meine klemmende Tür zum Balkon auf und zerre den Drehstuhl über die Schwelle. Rappelnd schlagen fünf Rollen gegen die Metallschiene. Mit meiner kuscheligen Bettdecke und einem Block setze ich mich in die offene Tür, durch die ein kühler Abendhauch streicht. Ich packe die Decke enger um meine Schultern, während meine Augen den Himmel absuchen. Vielleicht sehe ich Peppers Stern und er inspiriert mich?

Plötzlich wird die Tür aufgerissen. Daniel.

»Bei dir hat es teuflisch gescheppert.« Er bleibt im Türrahmen stehen und mustert mich mit gerunzelter Stirn. »What happened, Schwester?«

»Hä?«

Mein Bruder zieht die Tür hinter sich zu und tippt sich auf den Kopf.

»Darf man fragen, ob du beim letzten Sturz vom Pferd gelitten hast? Hier oben?«

»Was soll die hohle Frage?«

»Im März draußen sitzen! Nachts! Dauert sicher nicht mehr lange, bis die Männer in den weißen Kitteln kommen . . .«

»Du hast ja keine Ahnung, was ein Pferd so alles mit sich bringt.«

Ich zeige hinter mich auf die Klarsichtmappe »Mein Pferd«, die auf dem Laptoptisch liegt, und wedele mit meinem Blatt Papier.

»Papa will unbedingt wissen, wer mich vertritt, falls ich krank werde. Ich lege gerade eine Liste an.«

»Wo ist das Problem? Nenn ihm doch eine von deinen Stalltanten.«

Stalltanten! Das sagt Dani immer, wenn er von den Jugendlichen auf Habichts Hof spricht. Kein Respekt. Für Daniel sind Pferde so weit weg wie für mich die Knüppelschaltung seines Fahrschulwagens.

»Leider hast du keine Ahnung. Wenn ich eine nehme, sind alle anderen sauer.«

Daniel streicht seine halblangen Haare hinter die Ohren und wirft sich auf mein rotes Sofa.

»Verstehe.«

»Außerdem, du kennst doch Mama und Papa.« Ächzend erhebe ich mit von meinem Drehstuhl, werfe die Bettdecke ins

Zimmer und hocke mich zu Dani auf die Sofalehne. »Die wollen sofort echte Verträge machen. Reitbeteiligungsverträge. Ich kann nicht einfach irgendwen nennen.«

»Böse Falle.«

Wenigstens einer in der Familie, der meine Zwangslage versteht.

»Genau deshalb sitze ich hier und lege Listen an. Und danach warten noch gigantische Probleme in meinem Mathebuch. Transversalen-Berechnung im Dreieck. Mittelsenkrechte und so ein Schrott. Hast ja schon vorausgesehen, dass es eng werden könnte.«

»Gib her.«

Daniel streckt die Hand aus.

»Was, das Mathebuch?

»Klar.«

»Machst du mir das etwa?«

»Ausnahmsweise.«

»Super. Was willst du dafür haben?«

Daniel grinst und breitet die Arme aus.

»Dein Zimmer für meinen Austauschschüler.«

Mortimer aus England kommt dieses Jahr. Danis Zimmer unterm Dach ist definitiv zu klein für beide.

»Geht in Ordnung. Hast du dir sowieso schon verdient. Wegen der Stirnlampe.«

Bevor er es sich überlegen kann, springe ich auf, krame das Mathebuch aus meinem Rucksack und zeige Dani, was wir aufhaben.

Nach einem kurzen Blick nickt er und klemmt das Buch unter den Arm.

»Kinderspiel. Ich leg's dir dann vor die Tür.«

Habe ich nicht einen sensationellen Bruder?

»Super, Dani. Du bist mein Held!«

»Musst es nachher nur noch abschreiben. Ist sicherer wegen der Schrift. Tschau.«

»Danke, Mann.«

Als Dani weg ist, fällt mir ein unglaublich kitschiger Teebeutelspruch ein: »Wenn du denkst, es geht nicht mehr, kommt von irgendwo ein Lichtlein her.«

Im Moment stimmt der Spruch hundertprozentig. Vielleicht gibt es noch ein zweites Licht für mich? Eine knallhelle Glühlampe, die auf eine optimale Reitbeteiligung leuchtet. Das weiß nur einer: Tapir.

Ich angle mein Handy aus dem Regal.

Hilfe, Tapir! Meine Eltern wollen mir eine RB aufdrängen . . .
Weiß nicht, wen ich nehmen soll. Hast du eine Eingebung? Flo

Ungeduldig klopfe ich auf das Gehäuse. Wo bleibt die Antwort? Er kann mich doch jetzt nicht hängen lassen. Da fällt mir ein, dass Tapir heute Abend zum Italiener wollte.

Wie kann der Mann sich Pizza Funghi reinschieben, während ich hier schier verzweifle?

Mit meiner Bettdecke hocke ich mich wieder in die offene Tür. Muss ich wirklich alles allein machen? Seufzend greife ich zum Filzer und kritzle eine schwarze Tabelle auf meinen Karoblock.

Meine Einteilung für eine mögliche Reitbeteiligung lautet:

Name

Positivfaktor

Nervfaktor

Eifersuchtsfaktor

Obwohl sich bei meinem Stift die Filzhaare in sämtliche Richtungen sträuben, schreibe ich alle Mädchen auf, die halbwegs für meinen Pepper infrage kommen.

Emily (falls sie neben Alpino jemals Zeit hat)

Janne
Maxie
Katta
Leonie
Melly
Gloria
Tessy & Kriss

Weil jetzt schon fast alles egal ist, setze ich noch die Antiken darunter:

Eva Vollmer
Annette Tauscher

Eine Stunde später sitze ich immer noch über der verflixten Liste. Inzwischen habe ich mich mit meiner Bettdecke auf die Matratze gelümmelt. Der Himmel hängt voller Wolken. Peppers Stern am Großen Wagen ist nicht zu sehen, deshalb kann ich genauso gut ins Warme kriechen.

Ich glaube, ich habe das Anti-Reitbeteiligungs-Gen, das ARBG. Alles in mir sträubt sich gegen eine RB, es sei denn, ich könnte einen Sklaven finden, der alles haarscharf so macht, wie ich es sage.

Hoffnungslos studiere ich meinen Block. Die Positivspalte und die Nervigspalte stehen voller Notizen.

Was die Liebe zu Pepper angeht, musste ich Melly zähneknirschend neun Positivpunkte geben. Neun von zehn möglichen. Gleichzeitig stehen bei Melly unter »Eifersuchtsfaktor« zehn fette Punkte. Angenommen, Pepper begrüßt Melly mit lauterem Grummeln als mich ... oder er schnaubt bei ihr öfter. Dann platze ich!!!

Nehme ich Melly – natürlich ist allein der *Gedanke* daran absurd – habe ich die Superpsychologin gleich mit an der Hacke. Melly gibt es nur im Doppelpack mit ihrer krassen Mutter. Aber Melanie Scarlett Lanz reicht mir auch schon allein. Gestern wieder dieser peinliche Auftritt auf dem Pausenhof. Ständig hat sie es auf die Jungs aus der zehnten Klasse abgesehen. Nach der Pause erzählt sie uns unaufhörlich von ihren Traumtypen. Ich kenne die Jungs nicht mal einzeln. Nur im Rudel.

Wie ich es drehe und wende, von den Mädchen kommt keine infrage.

Nehme ich Janne, Katta, Maxie oder Leonie, habe ich in Melly und Gloria endgültig zwei Feindinnen. Genau dasselbe gilt, falls ich mich für die Zwillinge entscheide.

Das Problem kommt mir vor wie meine absolute Hass-Denksportaufgabe aus der dritten Klasse. Ein Bauer will mit Hund, Kohlkopf und Ziege an das andere Flussufer. In seinem Kahn kann er immer nur ein einziges Teil mitnehmen. Zwei müssen am Ufer bleiben. Lässt er den Hund bei der Ziege, wird sie gefressen. Bleibt die Ziege mit dem Kohlkopf allein, futtert sie den Kohl weg.

Meine Suche nach der Reitbeteiligung ist so unlösbar wie der fiese Fall mit der Ziege, dem Kohlkopf und dem Hund.

Für wen ich mich auch als RB entscheide, immer wird nur EINE im Stall happy sein und hundert andere sauer.

Ob Tapir endlich wieder da ist? Erwartungsvoll hacke ich auf mein Handy ein.

Tapir hilf!!!!!!!!!

Er ist da!

Komme gerade vom Italiener zurück. Immer noch kein RB-Ergebnis, Flo?

NEIN!

Hast du dir alle möglichen Namen aufgeschrieben?

Alle!

Nun lässt Tapir den abgeklärten Erwachsenen heraushängen.

Tatsache ist, dass du überhaupt keinen an deinen Schatz heranlassen willst. Außer Emily in Notfällen. Hab ich recht oder hab ich recht?

Ich simse zurück.

Ja! Ja! Ja! Hast recht. Aber ich brauche konkrete Vorschläge!

Tapir lässt nicht locker mit seiner ekligen Erwachsenen-Ermahnsucht.

Du suchst keine Reitbeteiligung, sondern einen SKLAVEN! Schmusen verboten. Pepper lieben verboten. Besser reiten als Flo verboten. Kette mit Eisenkugel am Bein erlaubt.

Was soll das denn jetzt? Ich dachte, er wäre auf meiner Seite. Und nun wühlt er in meiner schwärzesten Seelenecke. Klar suche ich einen Sklaven. So kommen wir nicht weiter. Ich simse ihm eine konkrete Frage.

Was hältst du von den Zwillingen? Die haben sich gegenseitig und sind nicht so scharf darauf, etwas Eigenes zu besitzen.

Natürlich sehe ich die Zwillinge nur als Notnagel. Die Sache müsste top secret bleiben im Stall. Kriss und Tessy dürften nicht darüber sprechen. Zumindest nicht bis zu ihrem ersten Auftritt. Sonst erwürgt Melly mich. Und wenn nicht sie, dann ihre hysterische Mutter.

Könnte klappen. Kopf hoch. Du schaffst das schon. Wir halten Kriegsrat im Stall! Tapir

Am nächsten Morgen scheint es so, als hätten meine Eltern die ganze Nacht nichts anderes getan, als sich gegenseitig anzufeuern: Wenn Flo die Treppe herunterkommt, sofort nach der RB fragen.

Papa fällt mich an, bevor ich mich überhaupt hingesetzt habe. Dabei kaut er sogar noch an seinem Vollkornbrot. Er nutzt Mamas Abwesenheit, sie zieht sich gerade oben fertig an.

»So, Flo, nun reden wir Klartext. Du hast dir hoffentlich über Nacht etwas Passables überlegt.«

Seufzend greife ich mir ein Brötchen. Daniel schlürft seinen Milchkaffee, zwinkert mir zu und verschanzt sich hinter seinem Übungsheft für die Fahrprüfung. Das geht in Ordnung, denn er hat mich mit der fiesen Mittelsenkrechten gerettet.

Bin gespannt auf Papas Gesicht, wenn ich ihm mitteile: Papa, ich habe das ARBG, das Anti-Reitbeteiligungs-Gen. Da kann man nichts machen.

Natürlich wird mein Vater sofort seinen Arzt oder Apotheker fragen, aber gegen ARBG helfen keine Pillen und keine kalten Umschläge. Dagegen kann nicht mal Dr. Müller-Maring etwas ausrichten. Mein Erzeuger müsste mich schon umzüchten lassen.

Ich weiß nicht, welche höhere Macht mein Sprachzentrum steuert, aber ohne dass ich es will, höre ich mich antworten: »Kein Problem, Papa. Wenn ich keine Zeit habe, können Kriss und Tessy reiten.«

Eigentlich wollte ich das gar nicht sagen, aber nun ist es heraus.

Im Grunde ist es egal, welchen Namen ich nenne, denn ich lasse sowieso keinen auf Pepper. Lieber sitze ich die ganze Nacht mit Danis Stirnlampe über meinen Hausaufgaben.

»Du hast dir also gleich zwei ausgesucht. Sehr gut.« Papa sieht überrascht aus. »Kriss und Tessy, die Namen sagen mir nichts. Sind die beiden neu im Stall?«

Ich schüttele den Kopf und bestreiche mein Brötchen extradick mit Nusscreme, um mich für die Nachtarbeit zu entschädigen.

»Tessy und Kriss Brinkmann. Wir nennen sie nur die Zwillinge.«

»Zwillinge?« Papa horcht auf. »Eineiige Zwillinge?«

Prompt tappe ich in die Falle.

»Und ob die eineiig sind! Nicht einmal Herr Habicht kann Kriss und Tessy unterscheiden.«

»Ha!« Papa schlägt mit der flachen Hand auf den Tisch. »Unmöglich! Eineiige Zwillinge. Da sind Nachweisprobleme schon vorprogrammiert.«

»Was meinst du mit Nachweisproblemen?«

»Man weiß nie, wer geritten hat. Wenn etwas passiert, kann jede es auf die andere schieben. Nie kann man klären, wer es war. Das mach mal einer Versicherung klar. Viel zu kompliziert.«

Seine Sorgen möchte ich haben.

Wenn Papa hört, dass Tessy und Kriss dreizehneinhalb sind und erst im Herbst vierzehn werden, erstickt er vor Schreck an seinem Vollkornbrot. Unter vierzehn bedeutet nämlich: Man ist nicht strafmündig. Wer unter vierzehn etwas verbrochen hat, kann nicht vor Gericht gestellt werden. Dieser Zustand zwischen Kind und Jugendlicher ist für Papa ein Albtraum. Er zählt schon die Tage bis zum 28. März, wenn *ich* endlich strafmündig werde. Dauernd treibt ihn die Angst um, dass ich Mist baue und er wegen Verletzung der Aufsichtspflicht verdonnert wird.

Mit meinen 13-jährigen Zwillingen habe ich einen sagenhaften Grund, die Reitbeteiligung hinauszuschieben.

In ihrem schicken Bankkostüm kommt Mama die Stufen herunter.

»Oliver!«, sagt sie kopfschüttelnd, als sie seine letzten Worte aufschnappt. »Nicht alle Leute sind auf Betrug aus. Du setzt mal wieder das Schlimmste voraus. Warum sollen die Mädchen uns etwas vormachen? Besser die Zwillinge als gar keine Reitbeteiligung.«

Klingt wie: Besser doppelter Beinbruch als einfache Gehirnerschütterung.

Wird man so als Erwachsener?

13.

Aber dann geschieht ein Wunder.

Am nächsten Morgen fällt unser Mathelehrer Dr. Winkelmann aus. Hexenschuss. Seine Mittelsenkrechte ist aus dem Lot, ha, ha. Für diese geniale Gedankenverbindung zu seinen geliebten Transversalen müsste »Winkel« mir eine Eins anschreiben. Danis Mondscheinrechnerei war total unnötig.

Während meine Klasse in der Freistunde zum Türken marschiert und bei Tarek Fladenbrot mit Tzatziki kauft, rase ich mit dem Rad zum Habichthof. Ausgesprochen praktisch, dass unsere Schule nur drei Straßen entfernt von Pepper liegt.

Mein Pferd wirkt deutlich überrascht, als ich zu so ungewohnter Stunde vor seiner Box auftauche.

»Was hältst du von Grasen?«, flüstere ich über die Tür.

Pepper ist sofort bereit, sein Heu liegen zu lassen und mit mir nach draußen zu gehen. Er tippelt hin und her, als ich den Führstrick ins Stallhalfter klicke, so eilig hat er es.

Auf dem Hof stoppt mich Tapirs Ruf.

»Hi Flo, gut dich zu sehen. Hab eine Idee für dich.«

Tapir steht auf dem Misthaufen und verteilt die nasse Einstreu. Mit einem Satz springt er vom Gipfel und stützt sich auf die Mistgabel. Wie immer trägt er seine derbe braune Goldgräberhose mit Hosenträgern und die Sicherheitsstiefel der amerikanischen Sheriffs.

»Freistunde?«

»Genau. Mathe fällt aus.«

»Hast du morgens sonst immer zur ersten Stunde?«

»Nö, zweimal muss ich erst zur dritten.«

Der Strick spannt sich, ungeduldig zieht Pepper daran. Er

will an sein Gras. Ich stecke ihm ein Leckerli zu, damit er beschäftigt ist.

»Geht gleich weiter, Süßer.«

Tapir grinst, wie immer, wenn wir unsere Pferde Süßer oder Mäuschen nennen.

»Warum teilst du dir deinen Stalldienst nicht auf? Komm morgens zum Reiten oder beschäftige Pepper, dann hast du abends nur noch die halbe Zeit im Stall zu tun. Das beruhigt deine Eltern. Kommst vielleicht fürs Erste um die Reitbeteiligung herum.«

Tapirs Erleuchtung ist Wunder Nummer zwei!!!

Sofort steigt meine Laune bombig an. Pepper hebt unternehmungslustig den Kopf, er spürt sofort, wenn sich meine Stimmung ändert.

Vor der Schule reiten. Das ist es! Warum fällt mir so etwas nicht selbst ein?

Bevor ich Tapir um den Hals fallen kann, kommt er schon mit dem nächsten guten Vorschlag.

»Du lagerst deine Reitsachen oben auf dem Dachboden im Spind. Kannst sie fix gegen die Schulsachen austauschen. Morgens ist hier wenig los, nur ein paar Einzelstunden.«

»Super, super, Tapir«, sage ich gerührt. »Was dir alles einfällt. Du bist der Allerbeste.«

Tapir lacht und kurvt wieder mit seiner Schubkarre über den Hof.

»Wenn du zurück bist, stelle ich die Pferde auf den Paddock.«

Auf dem Grasstreifen neben der Weide ist es restlos herrlich. Pepper frisst die ersten Frühlingshalme und ich lege mein Gesicht auf seinen Rücken und schmuse mich in seinem warmen Fell fest.

Aus halb geschlossenen Augen beobachte ich, wie er Halm

für Halm abzupft. In diesem Moment wünschte ich, ich selber wäre das junge Gras und Pepper würde *mich* ratzekahl auffressen. Vor lauter Liebe.

»Unser Geheimnis«, flüstere ich in Peppers Fell.

Eine absolut grandiose Viertelstunde später bin ich fit für Englisch. Mit Pepper im feuchten Gras, sein Schnurzeln und Prusten hören – niemand kann sich vorstellen, wie gut das tut. Niemand außer Emily. Frau Fischer soll mich ruhig in Englisch drannehmen. Sie wird sich über meine Coolness wundern.

»Ask some more questions, Misses Fischer.«

Die Freistunde auf dem Habichthof kommt mir vor wie eine Gutelaunekur. Summend gehe ich in die Sattelkammer, um den Führstrick aufzuhängen.

An Peppers Sattel prangt ein gelber Zettel mit der winzigen Krümelschrift des Chefs. Nachdem ihn seine Frau verlassen hatte, begann unser Habi, fitzelig zu schreiben, und rasierte sich eine Glatze. Mellys Mutter weiß natürlich wieder, warum.

»Das ist typisch, wenn man einen Schock verarbeiten muss und ein neues Leben beginnt. Dann ändert man oft Frisur und Schrift.«

Alles Quatsch. Habi muss so klein schreiben, weil seine Botschaften sonst kaum auf die winzigen Zettel passen. Normale Zettel sind im Stall nicht zu finden. Wenn jemand zehn Blöcke mitbringt, sind sie todsicher am nächsten Tag verschwunden. Der Habichthof ist eine Art Bermudadreieck, das jedes Schreibpapier auf geheimnisvolle Weise verschlingt. Deshalb trägt Habi immer Blöcke mit Haftetiketten bei sich, damit er uns jederzeit mit seinem aufgeklebten Fachwissen beglücken kann.

Ich zupfe den Zettel ab und lese.

Hallo Flora. Kannst du deinen Stalldienst nicht aufteilen? Reite doch morgens, falls du zur zweiten oder dritten Stunde in die Schule musst. Oder in Freistunden. Die Halle ist ab 7 Uhr frei. Gruß Habicht

»Wonderful! Great!«

Habis Info entlockt mir englische Freudenrufe. Wenn Frau Fischer mich jetzt hören könnte!

Unser Chef hat dieselbe Idee ausgebrütet wie Tapir. Wunder Nummer drei. Ich komme um das hochbrisante Thema Reitbeteiligung herum. Zumindest in den nächsten Wochen.

»Bist du noch da, Flo?«, ruft Tapir über die Stallgasse. »Oder jubeln auf dem Habichthof jetzt schon die Sättel?«

Grinsend stecke ich den Kopf aus der Sattelkammer.

»Der Chef schlägt mir auch vor, morgens zu reiten. Da kann ich mich doch wohl freuen.«

Tapir wedelt mit zwei DIN A4-Seiten. »Reitbeteiligungsvertrag« steht obendrauf.

»Lies dir den trotzdem mal durch. Dann weißt du für alle Fälle, was im Vertrag stehen sollte. Worüber du dich mit einer RB einigen musst.«

Entsetzt starre ich auf die klein bedruckten Seiten. Noch winziger hätte es auch Herr Habicht nicht schreiben können.

»Was? So viel? Ich will doch Pepper nicht verkaufen!«

Tapir lacht.

»Je mehr du vorher regelst, umso weniger Streit gibt es hinterher. Glaub einem alten Juristen.«

Mit schnellem Blick überfliege ich die Blätter und schon bei Punkt eins bin ich geschockt. Da steht unter anderem:

Die Teilnahme an Jagden, Pferdeleistungsschauen und anderen reitsportlichen Veranstaltungen (Turniere) bedarf der ausdrücklichen Zustimmung des Eigentümers.

Jagden? Mein Pepper auf einer JAGD?

Das fehlte noch. Auf diese Idee wäre ich bis vor einer Sekunde überhaupt nicht gekommen! Mein süßer, kleiner Pepper hetzt mit einer Reitbeteiligung über Stock und Stein, durch Ginstersträucher und Brombeeren?

Tapir hat recht: Solche Fragen muss man vereinbaren. Was heißt vereinbaren – da wird nichts vereinbart, das verbiete ich natürlich. Doch das ist längst nicht alles, was geregelt werden muss. Auch die Bezahlung, die steht in Punkt vier.

Die RB beteiligt sich mit . . . Prozent, also mit anteilig . . . Euro an den Unterhaltskosten für das Pferd.

Wieder etwas, das mir nicht schmeckt.

Für meinen Pepper will ich allein sorgen, ganz allein. Na ja, mit dem Geld meiner Eltern natürlich. Ich kann mir lebhaft vorstellen, wie meine Reitbeteiligung sich wichtig macht im Stall. Fast kann ich die Worte hören.

»Ich zahle schließlich anteilig für Peppers Stroh, Heu, Hafer und für seine Hufeisen. Da habe ich ja wohl ein Recht, das wieder abzuschmusen.«

Wie viel darf man als Gegenwert für zwei Hufeisen und zwei mal Hinterhufe beschneiden abschmusen? Das wäre mal eine sinnvolle Matheaufgabe, Herr Dr. Winkelmann.

Tapir stellt einen Plastikeimer unter den Wasserhahn und dreht ihn auf.

»Schreib auch in die Vereinbarung, wie lange sich die RB um Pepper kümmern soll, wenn er nicht geritten werden kann. Einen Monat ist üblich. Kann passieren, dass Pepper eine kleine Verletzung auskurieren muss und trotzdem bewegt werden soll. Über solche Dinge gibt's oft Streit.«

Meine Güte, ist das alles umständlich.

So zäh habe ich mir das nicht vorgestellt, sondern ganz einfach. Etwa so: Ich frage z. B. Janne: Willst du Pepper zweimal die Woche eine Stunde reiten? 60–80 Euro im Monat?, sie sagt: Klar, total gern, und die Sache ist vom Tisch.

Aber wenn ich auf meine Formulare blicke, ist so schnell nichts gegessen. Stöhnend lese ich weiter.

Die Nutzungszeiten werden in einem Plan festgehalten. Die Reitbeteiligung hat das Recht, das Pferd an folgenden Wochentagen zu reiten . . .

Nutzungszeiten, das klingt, als wollte ich die Spielzeiten für einen Tennisplatz vereinbaren. Und nicht eine Reitstunde auf dem Rücken meines besten Freundes.

Ich lasse die Blätter sinken. Nutzungszeiten.

»Höchstens montags«, murmele ich vor mich hin. Montags habe ich am längsten Schule, das wäre der richtige Tag für die RB.

Tapir lässt frisches Wasser in den Eimer laufen, in dem wir die Trensen auswaschen.

»Na«, sagt er. »Und?«

Ich zucke die Schultern.

»Weiß nicht. Was ist, wenn ich Lust habe, montags mit Pepper zu schmusen? Und wenn ich komme, trabt er gerade mit der RB durch die Halle? Dann stehe ich wie ein Idiot an der Bande und meine Reitbeteiligung ruft mir zu: ›Ätsch, ich habe heute die Nutzungszeit. Und meinen Schmuseanteil hole ich mir auch noch ab.‹«

Tapir muss lachen.

»Was dir immer einfällt. Sicher, ein bisschen teilen musst du Pepper schon, anders geht es nicht. Aber wenn es dir total gegen den Strich geht, kannst du jederzeit einen Rückzieher machen. Ihr seid ja nicht auf ewig zusammengekettet. Überleg trotzdem gründlich, wen du nimmst. Kündigen macht sich schlecht für die Stimmung im Stall, haben wir schon besprochen.«

Mit nassen Fingern tippt er auf Punkt sechs.

Diese Vereinbarung ist mit einer Frist von . . . Tagen zum Monatsende kündbar.

»Der Punkt ist das einzig Gute«, stelle ich fest. »Besten Dank, Tapir. Ich muss dann. Tschau.«

Tapir ruft mir nach:

»Sprich mit deinem Vater wegen der Versicherung für die Reitbeteiligung. Das Stichwort heißt Fremdreiterrisiko.«

FREMDREITERRISIKO! Geht's noch?

Energisch klopft Pepper mit dem Huf gegen die Holzwand, als ich die Seiten einstecke.

Mein Pferd schickt mir einen mahnenden Blick herüber. Als ich schnell noch einmal zu ihm hineinschlüpfe, tritt Pepper zufrieden grummelnd zur Seite

Na bitte, geht doch.

»Bald komme ich öfter morgens zum Reiten, Pepper. Danach kannst du zu deinen Kumpels auf den Paddock oder auf die Weide. Wir machen es uns richtig schön. Und das Fremdreiterrisiko soll der Teufel holen.«

Pepper versucht, ein Leckerli in meiner Schuljacke zu entdecken und reibt seine Nase vorsichtig über den Reißverschluss der Seitentasche.

»Abends gehen wir dann spazieren und ich mache deine Box. Wie findest du das, Peppermaus? Jetzt muss ich aber los. Englisch.«

Im Großen und Ganzen scheint Pepper mich verstanden zu haben, obwohl seine Augen sagen: *Ein Leckerli ersetzt tausend Worte.*

Eigentlich ein guter Teebeutelspruch.

14.

Ich zische auf den Pausenhof und werfe mein Fahrrad gegen eine Wand aus abgestellten Rädern. Es klingelt zur Englischstunde.

Gerade noch geschafft.

Ohne nach links und rechts zu sehen, renne ich zur Eingangstür, in der sich eine Schülergruppe verkeilt.

Durch meinen Kopf schwirren all diese verrückten Begriffe, die Tapir mir aufgetischt hat. Nutzungszeiten. Unterhaltskosten. Fremdreiterrisiko. Weiß Frau Fischer, was das auf Englisch heißt?

Plötzlich fühle ich eine Hand auf dem Rücken. Empört drehe ich mich um – und sehe direkt in ein Gewirr aus langen Locken mit dem grinsenden Gesicht von Melly Lanz darin. Auf ihrer Jacke glitzern die Pailletten.

Auch das noch.

Mit hochgezogenen Brauen mustert Melly mich und zupft Stroh von meiner Jacke.

»Warst du etwa im Stall?«

Demonstrativ hält sie die verräterischen Halme in die Höhe. »Lässt du neuerdings dein Pferd vom Pausenbrot abbeißen?«

»Phhh«, mache ich.

Bei den Wörtern »Stall« und »Pferde« dreht sich wie auf Kommando eine Horde Jungs um und mustert mich mit amüsierter Neugierde. Ich muss ein Dutzend abschätzige Blicke über mich ergehen lassen. Als hätte Melly mich gefragt: Hast du dein Pausenbrot mal wieder mit einer Kanalratte geteilt?

Fies von ihr, auf dem Schulhof die Wörter »Stall« und

»Pferd« zu gebrauchen. Jeder weiß, dass es für Jungs kaum ein größeres Hasswort gibt als »Pferdestall«. Ausgerechnet vor diesen ziemlich netten Jungs auf der Treppe muss sie das sagen, die blöde Kuh. Wahrscheinlich sind Vince und Ferdi auch irgendwo dabei, schließlich schwirrt sie ständig um die beiden herum.

Melly hat ihren Fehler wohl auch gerade bemerkt. Ihr panischer Blick signalisiert mir: Bitte sag nicht, dass ich auch zum Reiten gehe. Nicht vor diesen Jungs. Tut mir leid.

Typisch Melly. Einem billigen Witz nie abgeneigt. Für einen Moment im Rampenlicht vergisst sie alles, sogar, dass sie fast ein Eigentor schießt. Sie kann einfach nicht anders, als fiese Kommentare von sich zu geben. Wie unter Zwang muss Melly sich vor anderen wichtig machen. Sie sollte sich mal bei ihrer Mutter auf die Couch legen ...

Ich werfe den Kopf in den Nacken und drängle mich wortlos durch. Melly kann heilfroh sein, dass ich nichts über ihre Pferdeliebe verrate.

Atemlos renne ich über den Flur zu meinem Klassenraum und lasse mich auf den Stuhl fallen.

Während ich im Rucksack nach meinem Englischbuch suche, schiebe ich Mellys Gesicht in meinen Gedanken beiseite und ersetze es durch Peppers braunen Kopf. Verträumt denke ich an die schöne Viertelstunde mit ihm. Heute Abend schmusen wir weiter.

Da taucht erneut Mellys bitteres Lächeln vor mir auf. Wie frustrierend muss es für sie sein, sich vorzustellen, wie ich mit Pepper die Freistunde genossen habe.

Auf einmal überkommt mich so ein großes Gefühl, das mich übergießt wie ein außerirdisches Leuchten. Ich möchte die ganze Welt beglücken. Einschließlich Melly. Weil ich den Hauptgewinn gezogen habe, ein eigenes Pferd. Was heißt

Pferd: den Traumprinzen auf vier Beinen. Pepper. Es drängt mich, die anderen an meinem Glück teilhaben zu lassen. Aber wie?

Zunächst fülle ich meine »Feine-Flora-Skala« mit zehn Punkten auf. Wegen meiner grundgütigen Gedanken.

Was genau kann ich für die Stallgemeinschaft tun? Zumindest für die Mädchen, mit denen ich jahrelang in einer Abteilung geritten bin?

Vielleicht eine Party für die Stallleute, um die gute Laune wiederherzustellen? Wenn ich schon keinen als Reitbeteiligung nehme. Nicht schlecht.

Wann?

Samstag ist gut. Samstag ist perfekt. Samstag ist mein Geburtstag. VIERZEHN!!!

Endlich strafmündig, Papa.

Zur Feier des Tages muss ich etwas Besonders bieten. Ich weiß auch schon was. Die Idee geistert schon ewig durch die grauen Zellen unter meiner Reitkappe: Ich werde einen Rap schreiben. Über den Stall und über Pepper.

An der Wandtafel müht Frau Fischer sich mit einem Stück abgebrochener Stummelkreide ab und schreibt die wichtigsten Zeiten im Passiv an.

The meal is served, was served, has been served . . .

Das kann dauern. Freie Bahn für meine Ideen.

Brennend vor Schreibwut schlage ich mein Englischheft auf.

Erst mal alle Reimmöglichkeiten aufschreiben. »Fremdreiterrisiko« muss hundertprozentig rein. Was für ein idiotisches Wort. Darauf reimt sich allerdings nichts. Außer »Dämmplattenpferdeklo«.

Also doch ohne das Risikowort. Neu beginnen. Einfacher. Viel kürzer. Wie Rappe und Kappe.

Geht doch. Nun ist der Reimmotor angeworfen. Ich kann gar nicht so schnell schreiben, wie mir Wörter einfallen, die sich reimen.

Plötzlich fällt ein Schatten über meine aufgekritzelten Geistesblitze. Zu spät deute ich das Zischen meiner Tischnachbarn richtig: Lehrer im Anmarsch.

Blitzschnell versuche ich, das Heft unter der Tischplatte verschwinden zu lassen, doch da senkt sich schon Frau Fischers hennarotes Haar vor meine Augen. Mit spitzen Fingern greift sie nach dem Heft und überfliegt die vollgeschriebene Seite mit meinen Reimversuchen.

Rappe, Kappe, Pappe, Mappe, Kaulquappe.

Stute, Rute, Pute, Schnute, Jute.

Piercing, Silberling, Unding.

Ohren, bohren, verloren, geschworen.

Fakt, Takt, backt, sackt.

Sauer, Power, Tower, Mauer, Bauer, Dauer, lauer, kauer.

Heu, freu, neu.

»Funny«, sagt sie und deutet auf die letzten Wörter. Heu, freu, neu.

»Say it in English.«

»Hay ... being glad ... new ...«, stottere ich mit hochrotem Kopf. An meinen heißen Ohren könnte man eine Zigarette anzünden.

»In a complete sentence, please.«

Ich stolpere einen hirnrissigen Satz zusammen. Die Klasse kichert.

Frau Fischer lässt nicht locker.

»Use the passive.«

Himmel, wie soll ich aus meinen Heu-freu-neu-Brocken einen vollständigen Satz im Passiv formen? Für einen Rap gelten die Gesetze der Straße, nicht die Regeln von Universitäten. Leider kann ich das nicht so deutlich sagen. Die Fischer fällt vor Entsetzen auf den Rücken, wenn sie wittert, dass ich in ihrem heiligen Unterricht einen Stall-Rap verfasse.

Obwohl sie mich schweigend ansieht, höre ich im Geiste ihren Vorwurf in perfektem Oxford-Englisch: Oh my God, Flora! What a shame. You have to do some extra work.

Doch nichts davon. Stattdessen entdecke ich ein winziges amüsiertes Funkeln in ihren Augen. Im Weggehen flüstert Frau Fischer mir etwas zu.

»At school your horse brain should be locked.«

Sie kann ja richtig witzig sein.

»In der Schule sollte dein Pferdehirn verschlossen sein.«

Darauf muss man erst mal kommen als Lehrer.

Dankbar mache ich mich ganz klein auf meinem Stuhl und ziehe die Mundwinkel babyhaft lächelnd nach oben.

Diese Unterlegenheitsgebärde habe ich mir bei den Fohlen abgeguckt. Wenn sich ältere Pferde nähern, setzen sie als Schutzreaktion instinktiv das Babygesicht auf: *Tu mir nichts, ich bin ja noch so klein.* Das stoppt jedes angriffslustige Pferd.

Obwohl mir der Demutsblick im Menscheneinsatz zuwider ist, benutze ich ihn hin und wieder, denn er wirkt auch bei Lehrern. Frau Fischer lässt mich nun in Ruhe und knöpft sich die Jungs vor. Vielleicht hat sie auch einfach keine Lust, ihr Notizbuch herauszuholen und mir eine Fünf anzuschreiben.

Zehn Minuten nach der Unterbrechung mache ich mich in Gedanken wieder an meine Party.

Ein überschaubarer Kreis schwebt mir vor. Fünfzehn bis zwanzig Leute, die ich gut kenne.

Meine Finger fliegen über das Papier.

Emily, Janne, Tessy, Kriss, Leonie, Lina, Katharina, Mascha, Insa, Maxie, Rosa, Charlotte, Sophie.

Ich stocke. Muss ich auch Melly und Gloria? Wenn nicht, herrscht offener Krieg im Stall. Außerdem, sooo übel sind sie auch nicht. Und zur Not kann ich ihnen einfach aus dem Weg gehen, sind ja genug andere Leute da.

Also: Melly, Gloria . . .

Rustikal soll es zugehen, am liebsten draußen mit den Pferden. Zumindest mit Pepper.

Wo?

Zu Hause muss ich gar nicht erst fragen. Meine Eltern mit ihrem Rasen! Sobald ich das Wort »Gartenbenutzung« auch nur denke, kriegt Mama hektische Flecken. Wenn ich dann noch vorschlage, Pepper in unseren Reihenhausgarten zu holen, verbringt Papa meinen Geburtstag in der Uniklinik. Mit einem Herzanfall.

Gedankenvoll lasse ich den Kuli kreisen und betrachte die baumelnden Frühlingskätzchen an den Birken vor unserem Klassenzimmer. »The trees have been coloured by spring«, sagt Frau Fischer.

Zu Hause feiern bringt mir keinen großen Spaß. Meine Eltern planen sich zu Tode. Als ich zwölf wurde, hat Mama fünf Rauchmelder im Haus angeschraubt und meine halbe Klasse war da und fand es peinlich. Nie wieder. Diesmal ohne Klasse, ausschließlich mit Reiterleuten.

Bei genauer Überlegung existiert für meine Party nur ein einziger ultimativer Festplatz: Der große Sandpaddock auf dem Habichthof. Und für die Fete gibt es nur einen einzigen ultimativen Zeitpunkt: Samstagabend. Nicht nur, weil mein Geburtstag ist, sondern weil Herr Habicht Samstagnachmittag nach Neumünster fährt. Zu einem Vortrag über das Holsteiner Pferd.

Obwohl Lennart Habicht kein Wort darüber verloren hat, weiß jeder im Stall von seiner geplanten Fahrt. Von Gloria. Unsere IT-Queen kann sich in Habis Telefon einklinken und mithören. Das darf aber niemand wissen, sonst haben wir den Datenschutz am Hals. Und Herr Habicht würde das wohl als Vertrauensbruch ansehen. Genauso wie die Benutzung seines Hofs für eine heimliche Party.

Aber darüber will ich auf keinen Fall nachdenken, denn sonst müsste ich mir zehn Punkte auf meiner »Fiese-Flora-Skala« geben.

Ich habe alles genau im Kopf.

Wir feiern zwei oder drei Stunden. Vielleicht bis neunzehn oder zwanzig Uhr, dann ist es jetzt im März sowieso dunkel. Bis Herr Habicht zurückkommt, ist alles längst wieder in Ordnung. Wir harken den Paddock, räumen Dosen, Flaschen und Kartons weg und nehmen den Müll mit. Rauchen darf natürlich keiner wegen der verräterischen Kippen. Aber das ist ja sowieso klar auf einem Reiterhof mit all dem Stroh und Heu.

Herr Habicht wird gar nicht merken, dass bei ihm gefeiert wurde.

Und der kleine Johnny kann auch nichts verraten, der bleibt solange bei seiner Tante, Habis Schwester. Die Infos hat Gloria ebenfalls aus Habis Telefon herausgekitzelt.

Ich beruhige mein Gewissen, indem ich mir entsprechende Fragen stelle, die ich gleich mit passenden Antworten versehe.

Existiert irgendwo ein schriftliches Verbot, den Paddock zu betreten? Nein. Wir laufen ja sonst auch auf dem Sand herum, wenn wir die Pferdeäpfel abharken.

Was macht das für einen Unterschied, ob wir eine Mistgabel in der Hand halten oder eine Flasche Cola?

Ist es nicht sogar extrem postiv für den Chef, wenn der Auslauf mal gründlich gesäubert und durchgeharkt wird? Genau genommen müsste Habi uns die Füße küssen für unseren selbstlosen Einsatz.

Ich finde tausend Gründe, mich selber zu beschwichtigen. Und um die ganze Sache als völlig normal hinzustellen. Man darf nicht zu viel zögern und zaudern.

Wie stand gestern auf Mamas Teebeuteletikett?

»Wer allzu viel bedenkt, wird wenig leisten.«

Gut erkannt, Meister Schiller.

Schiller will mich ermutigen. Bloß nicht zu viel bedenken. Ein Anstoß von unserem großen Dichter. So kann man das sehen. Nein, so *muss* man das sehen.

Also los. Sozusagen angestiftet von Friedrich Schiller. Meine Eltern müssten glücklich sein.

15.

»Krass.«

Emily betrachtet mich voller Bewunderung, während sie eine große Portion Heu von der Schubkarre hebt und unserem Oldenburger Fuchs Chico über die Boxentür wirft.

»Echt krass, Flo.«

Sie meint meinen Rap, von dem ich ihr gerade ein paar Brocken vorgeflüstert habe. Morgen kommt meine große Rap-Stunde auf der Paddock-Geburtstagsparty. Endlich ist Freitag und damit der Abend vor meiner Fete. Ich habe supertolle Karten am PC gestaltet und als Mailanhang verschickt.

Pepper hat den Namen gewechselt.
Er heißt jetzt PEPPER ROHDE.
Darum gebe ich eine Fete. Kommt zu Flos Stallparty, Samstag, 28. März, 18 Uhr auf dem Paddock.
Top secret!!! Absolute Verschwiegenheitspflicht!!!
Vor allem vor Tapir und Herrn Habicht. Das kann sich ja wohl jeder denken.

Ich bin total aufgedreht und will auf keinen Fall nach Hause. Mit gleichmäßigem Tuckern ackern weit draußen Traktoren. Die Bauern arbeiten noch mit Scheinwerfern auf dem Feld. Auch die Vögel liegen noch nicht in den Federn. Vom Fliederstrauch am Paddock dringt Finkenzwitschern in den Stall, dazu flötet eine späte Amsel. Schöner kann ein Geburtstagsvorabend nicht beginnen.

Emi und ich sind die Letzten im Stall, nur Herr Habicht läuft noch durch die Gegend. Weil morgen keine Schule ist, dürfen wir länger bleiben und beim Füttern der Schulpferde helfen. Abends mache ich das am allerliebsten, weil ich von

Tapir weiß, wie wichtig Raufutter nachts für unsere Pferde ist.

Tapir sagt: »Wenn Pferde über einen Zeitraum von mehr als sechs bis acht Stunden kein Heu oder Stroh oder Gras kauen können, bekommen sie Koliken oder sogar Magengeschwüre.«

Während ich im Geiste die Strophen meines Raps durchgehe, hebe ich den letzten Berg Heu von der Schubkarre und werfe ihn in die Box von Sandro, unserem Hannoveraner Schimmel. Mit hochgeschobenen Ärmeln, weil ich das Heugefühl auf der Haut so liebe. Die Halme kitzeln auf meinen Unterarmen.

Aus der Box gegenüber schielt Pepper zu mir hoch, ohne seine Nase aus dem Abendessen zu nehmen. Schon seit zehn Minuten liegt das duftende Heu vor seinen Hufen. In diesem Fall liegt es aber nicht dort, weil ich Pepper als meine Nummer eins zuerst gefüttert habe – sondern weil Pepper der Ranghöchste in der Herde ist.

Peppers Blick sagt: *Dein Glück, dass du mir zuerst was gegeben hast. Sonst hätte ich leider über die Tür springen müssen, um Sandro in den Hals zu beißen.*

»Weiß ich doch«, sage ich leise in seine Richtung. »Tapir sagt, das Leitpferd muss zuerst sein Futter haben, dann stimmt die Ordnung.«

Zufälligerweise deckt sich das haargenau mit meinen Wünschen . . .

Ich gehe zu Pepper hinüber, hole Schwung an seiner brusthohen Boxentür und hänge mich bäuchlings über die Kante.

»Morgen darfst du mit uns feiern, Pepper. Ich hab nämlich Geburtstag. Vierzehn. Mein Vater sagt, dann bin ich strafmündig und für alles verantwortlich. Für alles, also auch für dich. Wie findest du das?«

Pepper ahnt entweder nicht, was strafmündig heißt, oder es interessiert ihn nicht. Oder beides. Denn er wendet sich nicht eine Sekunde von seinem Abendessen ab. Als gäbe es kein Strafgesetzbuch und keine Verantwortung und kein Morgen, sondern nur diese einzige kostbare Minute, in der nichts anderes zählt als duftendes Heu.

Ich glaube, so ist es wirklich, denn auch Tapir behauptet: »Pferde kennen keine Zukunft und planen nicht. Sie wissen nicht, was das Wort ›morgen‹ bedeutet oder ›nächste Woche‹ oder ›in den Ferien.‹«

Ob man Pferde deswegen beneiden sollte?

Wenn ich meinem Pepper zusehe, wie zufrieden er vor sich hin mampft, denke ich: Ja. Mir ginge es auch schlagartig besser, wenn ich *nicht* wüsste, dass Dr. Winkelmann bereits fiese Aufgaben für die nächste Klassenarbeit austüftelt. Egal. Im Moment gibt es nur Pepper, sein Heu und mich. Wie gemütlich sein Kauen aussieht. Schon breitet sich wieder rosa Pferdewärme in mir aus.

»Hey, Flora! Träum nicht.«

Emi holt mich aus meiner rosa Pferdewelt zurück. Ihre Schubkarre ist auch leer, sie ist mit dem Füttern durch. »Ich will mehr von deinem Rap hören.«

Bevor ich loslegen kann, taucht am Ende der Stallgasse der Chef auf und ich halte lieber den Mund. Ich will unseren Stallbesitzer nicht misstrauisch machen. Wenn er mich rappen hört, überlegt er es sich am Ende noch mit Neumünster. Sein Spürsinn ist mindestens so zuverlässig wie der von Avatar.

Aus dem Augenwinkel verfolge ich, dass er nach der tropfenden Tränke von Halvor sieht, unserem Fjordpferd. Der wilde Kerl hat die Wasserleitung halb abgerissen. Nach kurzem Check verlässt Habi die Box und geht Richtung Ausgang.

»Falls was ist, Mädchen, ich bin auf dem Parkplatz«, ruft er uns zu. »Das gute Wetter muss man nutzen, ich will meinen Wagen saugen.«

»In Ordnung«, rufe ich zurück.

»Jetzt aber den ganzen Text«, sagt Emily und zieht mich nach draußen zu den Außenboxen.

Ich werfe mich in Pose, ziehe meine Kapuze auf und hole tief Luft.

»Dein Handy«, sagt Emily schnell, ehe ich anfangen kann. Ich fische es aus der Tasche und werfe es ihr zu. Dann lege ich los:

»Immer nur Menschenköpfe vor meinem Gesicht,
glaub mir, Alter, das pack ich nicht.
Einmal am Tag, da brauche ich:
Fell, Hufe, Schweif,
zwei Meter vierzig Kuschelzone,
in Farbe und live,
es geht nicht ohne.«

Alpinos blonde Mähne erscheint in der Boxentür. Irritiert sieht er zu mir herüber. Ich lasse mich davon nicht aus dem Konzept bringen und zwinkere Alpi beruhigend zu, während Emi meine Generalprobe filmt. Sie bedeutet mir mit der Hand: mehr Action. Soll sie haben. Ich probiere ein paar Moves aus, die ich in den alten Hip-Hop-Videos gesehen habe, die sich Dani immer auf YouTube reinzieht. Soll ja schließlich *real* wirken. Dabei muss ich mir zwar das Lachen verkneifen, aber ich glaube, es sieht gar nicht so schlecht aus.

»Hör ich das Schnauben in meinen Ohr'n,
rast mein Herz und ich bin schon verlor'n.

Klar kriegt mein Pepper einen Kuss
auf die Nüstern. Ein absolutes Muss.
Und mein Tag ist endlich perfekt,
wenn er mir übern Scheitel leckt.«

Emily reckt den Daumen hoch. Das spornt mich noch mehr an. Ich lehne mich lässig gegen Alpinos Boxentür und verschränke gangsterlike die Arme vor der Brust. Der Hafi macht den Hals lang und knabbert an meiner Jacke. Das gibt mir den Rest: Vor Lachen kann ich kaum weiter. Beim vorletzten Reim ist meine Stimme total heiser.

»Ich hab krass gute Laune,
denn ich hab ja meinen Braunen
und keinen schlappen Rappen
oder ein paar nasse Kaulquappen.«

Die Sache mit dem schlappen Rappen musste rein, um Melly und Gloria auf die Palme zu bringen, schließlich reiten sie den schwarzen Flemming häufig. Klar habe ich nichts gegen unseren Brandenburger Rappen. Mir ging es nur um eine Spitze gegen die Durchgeknallten. Übrigens habe ich Flemming als Wiedergutmachung eine Zwei-Kilo-Schale Möhren mitgebracht. Damit muss die Sache zwischen uns aus der Welt sein.

Ich stimme die letzten vier Zeilen an:

»Für meinen Pepper gäb' ich alles weg:
iPhone, iPod, iPad, iMac.
Join the riding school, ja, sei nicht doof:
Komm zu uns auf den Habichthof!«

Emily ist hin und weg. Ihr ewig blasses Gesicht schimmert rosa.

»Me-ga-gut.«

Sie reicht mir das Handy. »Stell das ins Internet, Flo. Du wirst berühmt, wetten? Ich weiß auch schon einen coolen Künstlernamen für dich: Reitrapper FR. FR, also Flora Rhode.«

Künstlername!

Noch eine Portion rosa Wärme für mich. Für dieses Lob hat Emily in den nächsten Wochen viele Hilfsaktionen gut.

»Meinst du wirklich, ich soll das ins Schülerportal stellen?«

»Nein, besser auf eine allgemeine Seite. Wenn dein Gymnasium Wind von Pepper bekommt, bist du unten durch. Auf unserer Schule sind die meisten ziemlich blöde, was Reitställe angeht.«

»Bei uns genauso.«

Weil ich mich meiner kleinen, schüchternen Emi plötzlich so verbunden fühle – denn außer ihr sagt niemand Künstlerin zu mir – teile ich mit ihr mein Geheimnis und berichte von Tapirs Sternen für Zootiere.

Vom Außenstall aus sieht man direkt in den Himmel. Ich strecke meinen Arm zu dem extrem funkelnden Punkt unten rechts am großen Wagen empor.

»Das ist Peppers Stern.«

»Wahnsinn.«

Andächtig betrachtet Emi den strahlenden Himmel. »Wissen die anderen das auch? Also die Zwillinge oder Janne zum Beispiel?«

»Keiner weiß das. Außer Tapir, aber der hat mich ja erst draufgebracht. Wehe, du erzählst das herum.«

Mir kommt es plötzlich vor, als könnte man mit vierzehn

keine Sterne mehr für Pferde aussuchen, ohne sich lächerlich zu machen.

»Ich schweige«, schwört Emi und hebt die rechte Hand.

Die Idee mit dem Himmel findet sie so gut, dass sie sich für Alpino auch einen Stern aussucht. Den vordersten an der Deichsel des Großen Wagens.

16.

Geburtstagsmorgen.

Weil Samstag ist und frei, versammelt sich die gesamte Familie am Esstisch. Sogar Dani ist schon um acht aufgestanden und guckt vom Frühstück zu mir hoch, als ich die Treppe herunterpoltere.

Möhrenfarbene Morgensonne mogelt sich durch den frischen Tulpenstrauß. Vierzehn Strafmündigkeitskerzen brennen auf meinem Geburtstagskuchen.

Der Geschenkecheck geht dieses Jahr schnell. Meine Eltern haben mir schließlich schon Pepper gekauft. Ich habe mir nichts als einen Sack mit Knabbergebäck für die Fete gewünscht, der auf einem leeren Stuhl steht. Über der Lehne hängen als Sonderüberraschung die obercoolen Jeans, die ich jedes Mal anprobiert habe, wenn ich mit Mama in dem kleinen Laden im Ort war. Sie hat es also begriffen! Ich drücke die Jeans an mein Gesicht.

»Noch so ein tolles Geschenk außer Pepper«, sage ich in die Hosenbeine. »Toll. Die ziehe ich heute Abend an!«

Dani überreicht mir einen Briefumschlag.

»Aber nicht laut vorlesen«, verlangt er.

Ich reiße den Umschlag auf und muss kichern. Zwei klasse Karikaturen von Dr. Winkelmann und Frau Fischer. Dani hatte die beiden früher auch in Mathe und Englisch. Unter den Zeichnungen steht:

»Zur Entlastung der Pferdebesitzerin gilt dieser Gutschein für

5 x Hausaufgaben in Mathe

5 x Hausaufgaben in Englisch.«

Ich falle meinem Bruder um den Hals.

»Mann, das kann ich gebrauchen.«

»Darf man wissen, was drinsteht?«, erkundigt sich mein Vater. »Hoffentlich nicht, dass dein Bruder die Hausaufgaben für dich erledigt.«

»Nein«, rufen Dani und ich wie aus einem Mund.

Morgen zeige ich Dani meinen Rap. Jetzt will ich das Thema nicht auf den Tisch bringen. Bestimmt müsste ich mir von Papa ewig lange Vorträge über sinnvolle Freizeitbeschäftigung anhören, nach dem Motto: »Als ich in deinem Alter war, hatte ich schon drei Nobelpreise . . .«

Wenn Daniel meinen Rap abnickt, stelle ich ihn wirklich ins Netz, schließlich kennt er sich da aus.

Ich puste die Kerzen aus. Nun aber ab in den Stall zu Pepper.

Die Tüten mit Chips, Crackern und Käsestangen verteile ich auf meinen Rucksack und eine Reisetasche, die ich in den Fahrradkorb stellen kann.

Meinen Eltern gegenüber habe ich gestern behauptet: »Wir feiern auf einem leeren Unkrautplatz im Gelände. Der gehört keinem.«

So eine öde Fläche existiert tatsächlich ganz in der Nähe vom Habichthof.

Sofort meldete sich mein Spielverderberpapa zu Wort:

»Gehört keinem, gibt's nicht. Wir leben hier nicht im Wilden Westen. Jeder Quadratmeter Land gehört irgendwem. Der Gemeinde, der Stadt, dem Landkreis oder der Bundesrepublik Deutschland.«

»Aber auf dem Platz ist nichts drauf, nur Brennnesseln und Disteln.«

»Dann hat ihn vielleicht der Naturschutzbund gekauft. Für Schmetterlinge.«

»Oh, PAPA!«

Auch Mama runzelte die Stirn.

»Hauptsache, ihr hinterlasst dort kein Chaos.«

»Nein, nein. Wir räumen alles wieder auf.«

Letzten Endes hatten meine Eltern dann doch nichts dagegen.

Mein ungutes Gefühl wegen der Flunkerei verdränge ich. Mit dem Duft der ausgeblasenen Kerzen in der Nase starte ich zur ersten Chips-Beförderungstour.

In der Tür drängt Mama mir eine blaue Rolle mit extradicken Müllsäcken auf.

»Dass ihr bloß kein Feuer macht. Und dass ihr alles blitzsauber hinterlasst«, sagt sie schon zum zehnten Mal. »Sonst kommen wir in Teufels Küche. Das ist Umweltverschmutzung und . . .«

». . . wird mit Zuchthaus nicht unter zehn Millionen Jahren bestraft. Ja, Mama. Wir machen alles sauber. Außerdem keine Panik, ich bin ja jetzt strafmündig und gehe selber dafür in den Knast, wenn wir eine Colaflasche liegen lassen.«

»Mach keine Scherze, Flora.«

Papa greift zum Autoschlüssel.

»Lass mal sein mit dem Fahrrad, Flo. Zur Feier des Tages fahre ich dich zum Stall – mit all deinen Taschen.«

Hilfe! Das fehlte noch, dass Papa Herrn Habicht trifft und sein Misstrauen weckt. Ich will ja mit dem Knabberzeug gar nicht in den Stall, sondern den Vorrat bis zum Nachmittag bei Emily zwischenlagern. Ein Wunder, dass das überhaupt möglich ist. Emis Eltern mögen keinen Besuch. Die Ehlerts benehmen sich, als hätten sie irgendwo Leichen versteckt. Wenn ich bei Emily schlafe, dürfen wir nur in ihrem Zimmer bleiben, nicht mal in den Keller runter.

»Der Platz liegt doch im Gelände, Papa«, fällt mir zum Glück ein. »Mit dem Auto kommst du gar nicht in die Nähe.«

Ich drücke ihm einen Kuss auf die Wange.

»Wann muss ich heute Abend zurück sein? Quatsch, brauche ich nicht zu wissen, ich schlafe ja bei Emily.«

»Sieh zu, dass ihr um acht bei Ehlerts zu Hause seid.«

»Um acht!«, heule ich auf.

Mama schaltet sich ein. »Ihr könnt euch nicht im Dunkeln allein im Gelände herumtreiben.«

»Wollen wir auch nicht. Um sieben fahren wir zum Stall. Füttern«, sage ich schnell. Ein unbehagliches Schuldgefühl kriecht mir über den Rücken. Mein frisches Lebensjahr fange ich wirklich klasse an. Lauter Ausflüchte und Schwindeleien. »Bis neun? Bitte! Geburtstag ist nur einmal im Jahr.«

»Wenn ihr zum Stall fahrt – in Ordnung. Hast du dein Handy dabei?«

Ich ziehe es aus der Jacke und wackele damit vor Mamas Gesicht herum.

»Aufgeladen, Flo?«

»Voll bis oben hin.«

»Dann los. Und viel Spaß euch allen.«

Ich fahre vorsichtig mit einer Hand hinterm Sattel, die ich auf die Reisetasche drücke, damit sie nicht runterkippt und meine leckeren Chips in tausend Stücke zerbröseln. Emily wartet schon und stapelt meinen Proviant neben den Getränkekisten im Flur.

Den ganzen Tag verbringe ich gut gelaunt im Stall, nachmittags hole ich zu Hause die zweite Fuhre mit Knabbergebäck und Cola ab.

Bevor ich endgültig zum Feiern fahre, werfe ich meinen PC an und stelle meinen Handyfilm mit dem Rap in ein Portal, das wir alle im Stall benutzen.

Warum soll ich auf Danis Urteil warten? Schließlich bin ich mit vierzehn alt genug, um eigene Entscheidungen zu treffen! Plötzlich juckt es mich in den Fingern und ich schreibe dazu: »Heute Performance, weil Geburtstag. Reitrapper FR.«

Ohne Adresse natürlich, ich bin ja nicht blöd.

Endlich kommt die Entwarnungs-SMS von Emily.

Johnny ist von seiner Tante abgeholt worden. Der Chef fährt gerade vom Hof. Kannst kommen. Ich warte zu Hause. Emi

Vor ihrem Carport tippelt Emi schon ungeduldig hin und her, als ich mit dem Fahrrad angeflitzt komme.

»Steht alles im Kofferraum«, empfängt sie mich. »Auch die Colakisten. Mein Vater will sofort los.«

»Gut.«

Emis Vater ist und bleibt ein komischer Typ. Als er mit klimpernden Autoschüsseln die Treppe herunterkommt, murmelt er nur kurz: »Glückwunsch«, dann fährt er uns zum Stall.

Kann er nicht sagen: Liebe Flora, alles Gute zum Geburtstag. Wie alt bist du denn geworden? Hoffentlich habt ihr heute eine schöne Feier.

Stattdessen schweigt Herr Ehlert die ganze Zeit, während ich hinter ihm sitze und auf seine dramatisch gestylte Frisur gucken muss. Macht es den Mann nicht stutzig, dass wir alles zum Habichthof bringen und nicht direkt an den Ort der Fete? Herr Ehlert scheint sich nicht viel daraus zu machen, was wir in unserer Freizeit treiben, obwohl seine eigene Tochter dabei ist. Ich mag ihn nicht besonders, auch wegen seines albernen Dreitagebartes, für den er viel zu alt ist.

Mein Vater bewundert Emis Vater allerdings, weil er so viel Kohle gemacht hat und eine teure Villa besitzt mit zwei Meter hohem Eisenzaun davor. Hätte *ich* eine Million cash, würde ich keine blöde Villa bauen, sondern ein Schulpferde-

Seniorenheim, wo alte Pferde verwöhnt würden und auf riesigen Matratzen liegen könnten. Mit feinstem Weizenstroh. Für jedes Schulpferd würde ich einen Tropf aufhängen, mit einer gesunden Aufbauflüssigkeit drin, die direkt in die Pferdevenen tropfte. Eine Infusion von der Art, wie sie Flemming letztes Jahr wieder auf die Hufe gebracht hat, als er bei einer Kolik vor Schwäche zitterte.

Herr Ehlert parkt auf dem leeren Hof, lädt stumm die Colakisten aus und stapelt sie auf dem Parkplatz. Die einzige menschliche Regung, die er zeigt, ist seine Frage:

»Könnt ihr die Kisten zu zweit tragen?«

»Kein Problem, Papa«, sagt Emi. Er hebt die Hand, dann düst er ab. Wahrscheinlich wieder zum Leichenverstecken ...

Wir packen eine Kiste links und rechts und tragen sie zum Stall.

»Echt schade«, sagt Emi und zerrt die schwere Eingangstür mit einer Hand auf, »dass Tapir nicht dabei ist.«

Treffer!

Damit berührt sie meinen wunden Punkt. Dass wir unseren Supertapir nicht in die Sache einweihen, ist wirklich eine Schande.

»Wir *können* ihm nichts sagen, Emi. Tapir müsste doch sofort Herrn Habicht informieren. Lass uns einfach nicht darüber reden, bitte.«

Gedanken an Tapir kann ich jetzt nicht gebrauchen.

Wir befördern die Kisten durch die Stallgasse über den Hof zum Paddock. Dutzende angebundene rote Luftballons wehen an der Einzäunung, alle mit Pferdegesichtern bemalt. Überrascht bleibe ich stehen.

»Süß! Wer von euch hat sich das ausgedacht?«

»Wirst es nicht glauben – Melly und Gloria.«

Als wir die erste Kiste durchs Gattertor tragen, springen meine Reiterfreundinnen hinter der Ecke hervor und brüllen im Chor: »Herzlichen Glückwunsch!«

Von allen Seiten hagelt es Küsse und Umarmungen. Sogar Melly traut sich an mich heran.

Avatar hüpft an mir hoch, als hätte er Sprungfedern unter den Pfoten. Wahrscheinlich duften meine neuen Jeans schon nach Pepper. Die Zwillinge überreichen mir ein braunes Pfefferkuchenpferd mit schwarzer Mähne.

»Weil du Pepper zum Fressen gern hast«, kichern sie gemeinsam.

Melly und Gloria schenken mir Glitzer-Mähnenspray. GLITZERSPRAY! Wird wohl im Spind verrotten. Höchstens beim Weihnachtsmärchen vielleicht. Pepper ist doch keine Barbiepuppe.

Von den anderen bekomme ich einen neuen Führstrick, ein Halfter und Huffett.

Alle sind richtig nett. Was für eine geniale Eingebung, meine Reiterkollegen einzuladen. Ich fühle mich wunderbar. Avatar sorgt für Stimmung, er kläfft und fiept in allen Tonlagen. Er ersetzt glatt eine ganze Band.

Die Anspannung der letzten Tage fällt von mir ab. Mein vierzehnter Geburtstag zeigt sich wolkenlos sonnig.

»Sollen wir unsere Pferde dazuholen?«, frage ich in die Runde. »Also – Emi und ich?«

Großes Gejohle ist die Antwort.

»Ja, ja, ja!«

»Aber sicher.«

»Super Idee.«

Wir rennen los und führen Pepper und Alpino zum Paddock. Mit steil aufgestellten Ohren passieren sie das Spalier aus wehenden Luftballons.

»Gut, dass wir schon an der Gelassenheitsprüfung arbeiten«, ruft Janne herüber, »sonst müssten wir alle Ballons abschneiden.«

In hohen Sprüngen setzt Avatar über den Hof und schießt zu mir und Pepper herüber. Abgelenkt neigt Pepper den Kopf und stupst den Terrier an. Der leckt ihm blitzschnell über die Nase, flitzt wieder los, hin und zurück, und bleibt schließlich schwanzwedelnd vor uns stehen. Seine Augen glänzen herausfordernd, als wollte er den Pferden bedeuten: Luftballons? Ungefährlich, Jungs. Mir nach.

Mit kurzen Schritten tippeln Pepper und Alpino an der roten Gefahr vorüber.

Prustend traben sie begleitet von Avatar ein Stück über den Paddock, kehren jedoch gleich wieder um, als wir mit unseren Chipstüten knistern. Neugierig stecken sie ihre Nasen zwischen die Tüten, zucken zurück, als die glatte Folie knistert, beugen sich erneut vor. Pepper versucht, eine Chipstüte aufzureißen, und als er scheitert, packt er sie mit den Zähnen und schüttelt sie wie einen jungen Hund.

Wir halten uns den Bauch vor Lachen.

»Guck mal, Avatar, genauso geht es dir, wenn du dich mit den Pferden anlegst«, sagt Kriss. Oder ist es Tessy?

Pepper und Alpi sind kein bisschen ängstlich, obwohl der Paddock von lachenden, lauten Mädchen wimmelt.

Die Pferde sind es gewohnt, dass wir um sie herumwuseln, wenn wir den Auslauf abharken und Pferdeäpfel sammeln.

Neugierig marschiert Pepper von einem zu anderen. Gibt es hier was zu holen? Darf man mal an den Chips lecken? Man darf. Ausnahmsweise.

Es ist wie im Paradies mitten zwischen den Pferden.

Großzügig dulde ich, dass Melly, Gloria und Janne mein Pferd kraulen.

Die Momente, in denen Pepper bei mir vorbeischlendert und seine Nase auf mein Haar drückt, machen jedem in der Runde sofort klar, wer hier Peppers wahrer Schatz ist ... Ich quelle fast über vor rosa Wärme.

Nach zwanzig geleerten Chipstüten beschließe ich, dass es Zeit ist für meinen großen Auftritt.

»Jetzt kommt mein Rap«, rufe ich in die Runde.

Auf einen Schlag drehen sich alle zum mir um, sehen mich erwartungsvoll an und kreuzen die Arme vor der Brust. Plötzlich bin ich gar nicht mehr sicher, ob mein Song wirklich etwas taugt. Oder ob danach alle peinlich berührt schweigen, weil sie mir an meinem Geburtstag nicht sagen mögen, dass der Text totaler Schrott ist. Ich hätte es lassen sollen.

Dann fällt mein Blick auf Emi, die mit glühendem Gesicht in der Menge steht und mir aufgeregt zunickt. Also gut. Ich atme tief durch, baue mich am Gattertor auf und lege los.

»Immer nur Menschenköpfe vor meinem Gesicht,
glaub mir, Alter, das pack ich nicht.
Einmal am Tag, da brauche ich:
Fell, Hufe, Schweif ...«

Nach den ersten Zeilen fluppt es nur so. Dann der Schluss.

»... komm zu uns auf den Habichthof!«

Atemlos warte ich auf die Reaktion und schließe die Augen. Jetzt bloß keinen Stress! Nach einer grausam langen Sekunde beschallt stürmischer Applaus meine Ohren. Ich öffne meine zusammengekniffenen Lider einen Spalt.

»Voll cool«, ruft Janne.

Die Zwillinge wollen den Rap aus dem Internet runterladen und bei ihren Reiterhofferien vorführen.

Ich fange Mellys Blick auf. Und den von Gloria. Die Superzicken möchten etwas Weltbewegendes zu meinem Kunstwerk sagen, klar.

Spöttisch guckt Melly mich an und holt aus: »Pah, wenn das ein Rap sein soll . . .«

Dann Gloria: »Die Stelle mit dem schlappen Rappen ist wirklich galaktisch dämlich . . .«

Meine Rappen-Spitze hat also gesessen.

Insa geht dazwischen, sie hat einen super Instinkt dafür, wann eine Fete kippen könnte.

»Macht mal halblang«, sagt sie zu den beiden. »Möchte nicht hören, was ihr zustande gebracht hättet.«

Die anderen lachen und Melly knurrt mit roten Ohren: »Wieso, ich hab doch nichts gesagt.«

Jetzt geht die Party richtig los. Zwar verkriecht die Sonne sich gerade hinter das Stalldach, aber es ist noch warm und duftet nach Frühling.

17.

Gerade wuchten wir eine neue Getränkekiste auf die Mauer zum Hof, da schnorchelt Alpino auf einmal laut und spitzt die Ohren in voller Konzentration. Gleichzeitig stößt Pepper ein trompetenartiges Schnauben aus. Sein Schweif geht in Alarmstellung hoch. Mit angehobenem Kopf wittert er zur Straße hin.

Die lauten Lachsalven und das Stimmengewirr sind nicht zu überhören.

»Stellt euch nicht so mädchenhaft an, Jungs«, sage ich gut gelaunt und meine Gäste lachen. »Habt ihr noch nie Straßengeräusche gehört? Hallo ihr beiden Schisser, da oben laufen Menschen herum.«

In meinem Bauch springt das Sicherheits-Informationssystem an.

Pling, Sie haben eine Nachricht.

Sofort klicke ich auf logout. Von der Bauchnachricht will ich gar nichts wissen.

Dabei denke ich unterschwellig: Hast du sie noch alle, Flora Rohde? Guck dir Peppers Verhalten an. Weißt doch genau, dass Pferde eine Gefahr eher wittern als ein Mensch. Weshalb checkst du nicht, woher die Stimmen kommen? Und vor allem – *warum* sie sich nähern???

Aber die Warnung findet leider nicht den Weg von meinem Bauch ins Hirn. Meine Party ist gerade richtig in Gang. Diese super Stimmung lasse ich mir nicht durch hysterische Mamagedanken verderben.

Von einem Moment zum andern ziehen über dem Paddock düstere Abendwolken auf. Schnell hereinbrechende Dämmerung ist nicht ungewöhnlich Ende März. Mein Sicherheitssystem versucht, mir über die Bauchnerven mitzuteilen, dass die Wolken eine Warnung des Himmels sind. Aber muss ich mich von meinen inneren Organen herumkommandieren lassen?

Ich schnappe mir vier Colaflaschen und verteile sie an Gloria, Janne und die Zwillinge.

Und dann passiert es: An der Ecke des Stalls tauchen drei Fremde auf. Erst jetzt schrillt meine innere Alarmanlage so durchdringend, dass ich sie nicht überhören kann.

Unmittelbar darauf fällt eine Gruppe johlender Jugendlicher auf den ruhigen Habichthof ein.

Ich bin wie erstarrt. Alles Fremde, soweit ich das überblicke. Mit steifen Knochen dränge ich mich zwischen meine Geburtstagsgäste.

Einer nach dem anderen kommt unsere Zufahrt herunter. Wie unter Zwang zähle ich sie einzeln ab. Als könnte ich die Situation damit unter Kontrolle behalten.

Sieben, acht, neun . . .

Nervös zähle ich weiter.

. . . dreizehn, vierzehn, fünfzehn . . .

So langsam wird es schwer, den Überblick zu behalten. Zwanzig Jungs sind es mindestens, eher mehr. Und alle älter als wir.

Hilfe! Mama! Papa! Dani! Hoffentlich wache ich gleich auf.

Gloria schlägt die Hand vor den Mund.

»Das gibt's doch nicht.«

Mir wird gleichzeitig heiß und kalt. Meine Haare kleben feucht im Nacken. Von rechts und links krallen sich eisige Hände in meine Arme.

Jede von uns ahnt, was da flaschenschwenkend auf uns zurollt: Besucher, die unsere Fete für Randale nutzen wollen. Partycrasher.

Unzählige Male haben wir von solchen Partyüberfällen gehört. Dass es uns nun selbst trifft, noch dazu auf dem Habichthof . . . furchtbar.

Hundertprozentig wird hier alles aus dem Ruder laufen. Solche Überfälle laufen *immer* aus dem Ruder.

Tausend Gedanken wirbeln mir durch den Kopf. Pepper! Alpino! Der Paddock! Der Stall! Meine unerlaubte Geburtstagsfeier! Strafmündig! Randale! Zerstörung!

Teuer!

Teuer!

Teuer!

Die ersten Jungs stehen vor dem gesicherten Gattertor und zerren mit Gewalt am Verschlussbügel herum.

Ich sehe nur ihre Kapuzen, die sie tief ins Gesicht gezogen haben.

»Hey, lasst das sein. Ihr macht das Tor kaputt.«

Mehr bringe ich nicht hervor.

Lautes Grölen ist die Antwort. Mit Gewalt reißen sie zu viert an den Stahlrohren.

Todesmutig schießt Avatar auf die Bande zu und springt einen Meter hoch auf die Störenfriede zu. Einen Moment schreckt die erste Linie zurück, doch dann grölen sie um so lauter und versuchen, den aufgeladenen Terrier mit fuchtelnden Händen zu ärgern.

»Avatar, bei Fuß«, rufen die Zwillinge durcheinander. »Sofort hierher.«

Kläffend rennt Avatar hin und her, bis ein Zwilling ihn schließlich am Halsband erwischt und an die Leine nimmt.

Emily fängt an zu weinen und versteckt sich hinter meinem Rücken.

»Eins, zwei. Eins, zwei.«

Unter lauten Anfeuerungsrufen ruckeln die vier Anführer am Tor. Quietschend lösen sich Schrauben und Bolzen.

Die Jungs drücken das schiefe Tor auf und stürmen zu uns auf den Auslauf, alle anderen im Schlepptau.

Pepper und Alpino weichen zurück und stoßen lautes Angstschnauben aus.

»Hey, das sind original Gäule hier«, brüllt einer und schwenkt seine Wodkaflasche. »Kommt bei Fuß, wir wollen mit euch einen trinken.«

»Geh zu den Pferden«, raune ich Emi zu. »Wir versuchen, die Bande hier vorn in Schach zu halten.«

Sie schluchzt auf und läuft zu Pepper und Alpino, die sich hinter einem Stapel Bauholz an das Weidetor drücken.

Johlend drücken ein paar Jungs ihre glühenden Zigaretten in die Luftballons. Andere schlagen die Ballons zwischen den Händen zusammen, bis sie mit plötzlichem Knall in der Luft zerplatzen.

Pepper, die tun dir nichts, die sind nur blöd und laut. Bleib ganz ruhig.

Oder?

Hektisch blicke ich zwischen meinem aufgeregten Pferd und der Horde hin und her.

Unter den Kapuzen versuche ich, jemand zu erkennen, aber das sind alles Fremde. Soweit ich das überhaupt sehen kann. Fast nur Jungs.

»Wo bleibt die Performance?«, brüllt einer.

»Genau, wo ist hier der Reitrapper?«, ruft einer aus der Mitte.

Reitrapper?

Das Wort elektrisiert mich. Nie habe ich diesen Namen benutzt. Außer ... im Internet. Aber dort habe ich keine Adresse genannt. Keinen echten Namen. Keinen Ort, keine Straße. Oder? Nein. Hundertprozentig nicht. Wie ein Laufband flitzt der Raptext durch meinen Kopf – und bleibt plötzlich hängen.

»Join the riding school, ja, sei nicht doof:
Komm zu uns auf den Habichthof!«

Komm zu uns auf den Habichthof.

Habichthof, Reitschule. Einmal gegoogelt und gewonnen.

Mir wird flau im Magen, ungefähr wie bei der vorletzten Mathearbeit, als mir auffiel, dass ich meinen Spickzettel mit abgegeben hatte.

ICH SELBER BIN DER AUSLÖSER FÜR DEN ÜBERFALL!

Wie blöd bin ich eigentlich?

Das muss ich jetzt sofort verdrängen. In diesem Moment hilft nur kühles Überlegen.

Dani muss kommen! Am besten mit ein paar Freunden. Und versuchen, die Eindringlinge zu verjagen.

Mit fahrigen Fingern suche ich seine Nummer im Handy. Wieso dauert das alles so lange? Bitte sei da, Dani. BITTE!

»Die gewählte Rufnummer ist zurzeit nicht erreichbar.«

Er hat das Handy ausgeschaltet. Ausgerechnet heute.

Bevor ich mich entscheiden kann, wen ich als zweite Feuerwehr anrufe, stürzen vier Jungs sich auf die Heuraufe und versuchen, sie zu zerlegen. Das erste silberne Element gibt nach, unter lautem Triumphgeschrei fliegen die restlichen Teile auf den Paddock. Peppers erschrecktes Schnauben erfüllt den Platz. Mir schnürt es das Herz zusammen. Ich kann jetzt niemand anrufen.

»Feigling, fass den E-Zaun an«, feuern die Leute sich gegenseitig an. Ein betrunkener Schlaks torkelt auf das Elektroband zu und reißt es ab. Schreiend schwingt er seinen Arm, als wäre er tödlich verletzt. Idiot. So schlimm kann das nicht gewesen sein, wir haben alle schon mal am Zaun einen gewischt gekriegt.

Auf keinen Fall darf die Horde in den Stall laufen und unsere Schulpferde verrückt machen.

Wohin mit Pepper und Alpino? Und Avatar?

Zwischen den angetrunkenen Idioten können sie nicht länger bleiben. Verstohlen gebe ich Emily am Weidegatter ein Zeichen.

»Gebt uns Deckung«, flüstere ich den Zwillingen zu. »Wir bringen die Pferde über die Weide in die Reithalle. Gebt den Hund her, der kommt auch mit.«

Vorsichtshalber nehme ich den aufgeregten Avatar auf den Arm und drücke mich neben den Zwillingen am Zaun entlang zu Emi. Der Holzstapel verdeckt uns halbwegs. Auf mein Nicken hin fasst Emily Alpino am Halfter, ich nehme Pepper und wir schlüpfen durch die zweite Gattertür, die Tessy und Kriss sofort hinter uns schließen.

Hastig führen wir unsere Pferde über die Weide um die Anlage herum. Brombeerranken reißen an meiner neuen Jeans. Avatar winselt und versucht, sich aus meinem Klammergriff zu winden. Endlich ist das Tor der Reithalle in Sicht. Zitternd öffne ich die Tür und lasse die Pferde und den Hund los.

Pepper und Alpino rennen sofort los, toben sich die Anspannung aus den Knochen, wälzen sich in den Sägespänen, springen wieder auf und galoppieren die nächste Runde.

Mit fliegenden Ohren saust der Jack Russell hinterher.

Endlich Ruhe vor der wüsten Bande da draußen. Mein Herzschlag beruhigt sich.

Am liebsten würde ich gar nicht mehr zum Paddock zurückgehen, sondern den Rest meines Geburtstags mit Pepper, Alpino, Emi und Avatar verbringen. Allerdings wäre das echt unfair. Schließlich war ich es, die alle Reiter eingeladen hat. Also muss ich die Sache durchstehen. Bis zum bitteren Ende.

Das neue Unwort des Jahres geistert durch meinen Kopf: Strafmündig.

Wieder hinaus in das Chaos. Ob ich Emi mit ihren verweinten Augen zumuten kann, mich in die Höhle des Löwen zu begleiten?

Da packt mich die kleine ängstliche Maus am Arm und sagt tapfer: »Ich komme mit.«

Wir gehen über die Weide zurück. Der Anblick auf dem Paddock kommt mir vor wie ein Science-Fiction-Film. Kapuzenmenschen, erstarrt in einem sandigen Wackelpudding. Flaschen, die in Zeitlupe geleert werden. Fuchtelnde Arme. Beine, die über Zaunpfosten hängen. Einzelteile der Raufe, silbern blinkend wie ein zerstörtes Raumschiff. Nur weiß ich hundertprozentig sicher, dass dieser irre Anblick kein Film ist, sondern Wirklichkeit.

Wie von fremden Kräften bewegt greift meine Hand in die Tasche, angelt das Handy hervor und drückt Tapirs Kurzwahlnummer.

Als Tapir sich meldet, bin ich sofort wieder die alte aufgeregte Flo.

»Tapir, Tapir, auf unserem Paddock sind lauter Fremde! Die saufen und randalieren. Zwanzig Leute Minimum.«

»Wie bitte? Wie ist das passiert?«

»Weiß ich auch nicht.«

»Ich höre den Krach ja bis hier! Was macht *ihr* überhaupt auf dem Paddock?«

»Ich wollte ein bisschen meinen Geburtstag feiern. Nur mit ein paar Stallmädchen, na ja . . . vielleicht sechzehn, siebzehn oder so.«

Tapir atmet schwer.

»Geht's noch?«

»Wir wollten nur zwei Stunden. Ehrlich, Tapir.«

»Und woher kommt die betrunkene Horde?«

»Keine Ahnung. Bitte, Tapir, komm schon! Hast du keinen Tipp für mich?«

»Ihr müsst verhindern, dass die Verrückten zu den Pferden gelangen. Schließ die Türen ab. Du hast doch einen eigenen Stallschlüssel?«

»Ja.«

»Ich komme sofort. Aber erst rufe ich noch die Polizei.«

Angstvoll kreische ich auf.

»Polizei? Das kannst du nicht machen, Tapir! Ich bin ab heute strafmündig!«

»Perfekt! Bin schon unterwegs.«

Mit einer Handbewegung rufe ich Mascha, Lina und Katharina herbei.

»Stellt euch als Wache vor den Außenstall. Lasst keinen durch. Ich schließe den Hauptstall ab.«

»Okay«, sagt Mascha.

Hintereinander drängeln wir uns durch die Masse. Janne geht vorneweg, sie ist die Unerschrockenste von uns. Ein paar Jungs rempeln und strecken den Ellenbogen aus, um uns zu stoppen. Einer hält mir die Wodkaflasche vors Gesicht.

»Trink mit, komm schon.«

Ich wehre seinen Arm ab und beeile mich, Anschluss an die anderen zu halten.

Endlich am Stall.

Drinnen schließe ich sofort hinter mir ab und renne durch die Stallgasse. Alarmiert heben alle Pferde ihre Köpfe und spannen die Muskeln an. In den Boxen verbreitet sich Unruhe. Man rennt nicht im Stall, Fluchttiere geraten schnell in Panik. Hilft nichts. Weiter. Lieber ein kurzer Schreck, als zu riskieren, dass eine Horde Betrunkener den Stall stürmt.

Mit zitternden Fingern sortiere ich meine Schlüssel am Karabinerhaken und schließe die zweite Eisentür am Eingang ab, dann zurück durch die Stallgasse. Als ich den Schlüssel auf dem Hof von außen abziehe, kann ich wieder ruhiger atmen. Ein erster Erfolg.

Ich befehle mir, klar zu denken.

Gesichter merken!

Im diffusen Abendlicht kann man schlecht etwas ausmachen, zumal die Bande so dicht beieinandersteht und fast alle Kapuzen tragen. Außerdem arbeitet mein Gehirn nicht so zuverlässig wie sonst.

Doch dann glaube ich, einige Gesichter zu erkennen. Vielleicht vom Pausenhof? Ja, von der Schule, sicher. Ich muss Melly fragen, die kennt mehr Jungs als ich. Gerade kämpfe ich mich zu ihr durch, da sehe ich eine lange, dünne Gestalt mit wehendem Pferdeschwanz den Weg entlang den Weiden hochkommen.

Tapir.

Dich schickt der Himmel!

Er wird die Sache in den Griff kriegen. Schon schlägt mein Puls ruhiger.

Ein schwerer Wagen röhrt mit lautem Hupen die Einfahrt zu uns herunter. Noch fährt er verdeckt hinter den Mauern des Stalls.

Polizei?

Eine paar Leute auf dem Paddock werden aufmerksam. Einer pfeift durchdringend und schreit: »Weg hier.«

Mein Herz überschlägt sich wieder. Die Polizei kommt. Wunderbar und furchtbar zugleich. Wie soll ich das morgen Herrn Habicht erklären?

Blitzartig verteilen die ungebetenen Gäste sich nach links und rechts, springen über Gräben und suchen das Weite.

Erregter Wortwechsel dringt von der Weide herauf, als einige Flüchtige Tapir in die Arme laufen. Er versucht, sie festzuhalten, doch es sind zu viele.

Gerade als ich denke, ich muss vor Aufregung alle Chips wieder rückwärts essen, kommt es noch schlimmer. Was da hupend um die Ecke biegt, ist nämlich kein blau-weißer Polizeiwagen.

»Oh-oh«, flüstert Melly, als die ersten Zentimeter der schwarzen Motorhaube zu erkennen sind.

Es ist der Geländewagen von Lennart Habicht, der auf den Hof rollt.

Gloria greift sich mit ihren pestfarben lackierten Fingernägeln in die Frisur.

»Shit, verdammter«, flucht sie.

18.

Keine von uns rührt sich, als Herr Habicht aus dem Auto springt.

Die Scheinwerfer lässt er voll aufgeblendet, um die Stätte der Verwüstung auszuleuchten. Mit wütenden Schritten überquert er den Hof. In wenigen Sekunden wird er vor mir stehen und Rechenschaft verlangen.

Kann er mir Pepper wieder wegnehmen?

Noch ein paar Meter. Sein Gesicht, eine einzige Gewitterwolke. Nein, schlimmer, ein unkontrollierbarer Tropensturm. Die tiefen Falten zwischen den Augen ziehen seine Brauen zusammen und verkünden Ärger hoch zehn.

Mein Magen rebelliert.

Ein Königreich für eine Spucktüte.

Der Teebeutelspruch des Tages.

Ohne mich eines Blickes zu würdigen, stapft der Chef finster an uns vorbei zum Paddock. Vorgebeugt begutachtet er den Sand. Beziehungsweise das, was von seinem gepflegten, sauberen Sandauslauf übrig geblieben ist. Der Paddock ist übersät von Flaschen, leeren Kartons, Chipstüten, Verschlüssen, Zigarettenschachteln, Kippen. Wir selbst hatten natürlich nur Plastikflaschen mitgebracht. Aber die Bande, die über den Habichthof fegte, hatte massenhaft Alkohol dabei. Wodka, Tequila, Kräuterschnaps, Sekt. Und natürlich Bier, Bier und noch mal Bier. Geraucht haben sie auch und ihre Kippen einfach in den Sand geworfen.

Ich fühle mich wie mit 40 Fieber. Krank und matt und schuldig. Nichts wünsche ich mir in diesem Moment sehnlicher als ein gebrülltes »Geht's noch!« aus dem Mund unseres Chefs. Aber das kommt nicht.

Die Situation geht weit über das hinaus, was man mit »Geht's noch« abtun könnte.

Endlich erreicht Tapir uns und wir nehmen ihn sofort in die Mangel.

»Warum ist der Chef so schnell zurückgekommen?«, frage ich leise.

Tapir deutet mit dem Kopf zur Straße.

»Nachbarn vom anderen Ende der Wiesenfeldstraße haben die johlende Horde auf dem Weg zum Habichthof beobachtet. Einer hatte Habis Handynummer und hat ihn im Auto erreicht. Natürlich hat der Chef die nächste Abfahrt genommen und ist gleich zurück.«

»Er war gar nicht in Neumünster?«

»Natürlich nicht, Schlauberger. Seine Laune wird grandios sein.«

Ich schrumpfe auf Haferkorngröße zusammen.

»Darauf kannst du Gift nehmen.«

Verstohlen sehe ich zum Himmel. Ich fahnde nach dem Großen Wagen, suche Peppers Stern, und obwohl es noch nicht ganz dunkel ist, entdecke ich ihn schnell. Er blinkt nicht wie sonst, steht nur ruhig und kühl und ungeheuer weit entfernt hoch oben. Der Stern geht auf Distanz zu mir.

»Hoffentlich habt ihr jemand erkannt«, sagt Tapir. »Wegen der Haftung.«

Er zeigt auf das schief hängende Gattertor und die silberfarbenen Einzelteile der Raufe, die anklagend im Scheinwerferkegel aufblitzen. Und auf den zerrissenen Elektrozaun.

»Na, Flora?«

Hilflos zucke ich die Schultern.

»Die hatten Kapuzen auf. Einige Gesichter habe ich bestimmt schon gesehen. Aber ein Name? Fällt mir zu keinem ein.«

Ich schiele zum Paddock, von dem ein unterdrückter Fluch zu hören ist.

Mit malmenden Backenknochen hebt Herr Habicht das schiefe Gattertor an, schlägt probeweise mit der Schuhspitze gegen Schrauben und Bolzen, zieht und richtet und lässt es dann mit einem ärgerlichen Seufzer fallen. Das Tor ist offenbar nicht zu retten.

Er verschränkt die Arme vor der Brust und starrt uns herausfordernd an. Zwanzig Reitermädels blicken stumm zu Boden. Ein falsches Wort und Habi geht senkrecht in die Luft wie eine Rakete.

»Jetzt will ich sofort hören, was hier passiert ist.«

Wie auf Kommando richten sich alle Augen auf mich. Danke, Leute, sehr freundlich.

Als ich den Mund aufmache, kommt nur gestotterter Schwachsinn heraus.

»Wir . . . wir wollten das nicht, Herr Habicht. Ich wollte nur meinen Geburtstag feiern mit ein paar Mädchen aus dem Stall.«

»Bist du von allen guten Geistern verlassen? Ohne mich zu fragen?«

»Ohne Fremde, echt. Kein Alkohol und keine Zigaretten. Nur Limo und Cola. Ganz anständig, wir hätten alles wieder weggeräumt, Herr Habicht. Bitte, Sie müssen mir glauben.«

»Gar nichts muss ich.«

»Tut mir leid.«

»Das hat ein Nachspiel. Später. Jetzt wird hier erst mal klar Schiff gemacht.«

»Aber es ist doch fast dunkel«, wagt Melly zu erwähnen.

Herr Habicht schnaubt.

»Fast dunkel? Zum Feiern und Randalieren fandet ihr es hell genug.«

Mit ein paar Schritten ist er an der halbhohen Mauer zum Paddock und drückt auf zwei Lichtschalter. Vier hoch angebrachte Leuchten flammen auf und tauchen den misshandelten Auslauf in unbarmherziges Licht.

Aus der Halle dringt Wiehern und Schnauben.

Herr Habicht horcht auf.

»Habt ihr Pferde in der Halle?«

»Pepper und Alpino. Die haben wir über die Weide in Sicherheit gebracht.«

Er nickt und wendet sich ab. »Ich stelle sie zurück in die Boxen. Ihr macht euch an die Arbeit. Den gesamten Müll vom Paddock absammeln. Aber peinlich genau.«

»Ich habe Müllsäcke«, beeile ich mich zu sagen. Als könnte ich mit blauen Abfallbeuteln etwas gutmachen.

Ich hole Mamas Rolle mit extradicken Abfallbeuteln aus meinem Rucksack und verteile sie.

Mit gebeugtem Rücken kriechen wir über den Paddock und werfen Flaschen und Kartons in die Säcke.

Tapir besorgt zwei feinzinkige Harken und reicht sie Melly und Gloria.

»Sand abharken, aber sorgfältig. Damit bringt ihr den Kleinkram an die Oberfläche, Verschlüsse oder Scherben.«

Herr Habicht erscheint in der Stalltür, er sieht weniger grimmig aus. Wahrscheinlich hat er festgestellt, dass die Pferde in Ordnung sind.

Er verschwindet in der alten Scheune, wo er sich eine Wohnung eingerichtet hat, und kehrt mit zwei runden Sieben zurück, groß wie Wagenräder. Wie riesige Kuchenformen sehen sie aus mit ihrem umlaufenden Rand und dem Boden aus Eisendrahtgewebe.

»Hier wird jeder Quadratmeter abgesiebt«, sagt er und knallt uns die Siebe vor die Füße. »Auf meinem Paddock bleibt keine Kippe und kein Kronkorken liegen, das ist euch hoffentlich klar.«

Wir müssen das Sieb zu zweit schütteln, weil es so groß ist und mit Sand verdammt schwer wird.

Emily und ich teilen uns ein Sieb, schippen Sand rein und schütteln es im Rhythmus hin und her. Sand rieselt durch die Maschen. Schmutz bleibt auf dem Drahtgeflecht liegen.

Wie Goldwäscher kommen wir uns vor, passend zu Tapirs Goldschürferhose aus Arizona. Nur, dass keine Goldnuggets in unserem Sieb liegen bleiben, sondern ab und zu ein Pferdeapfel und Zigarettenkippen. Das einzige Goldene, das wir finden, sind Kronkorken.

Tapir zeigt auf die Kronkorken und bemerkt: »Wenn Pepper sich einen davon in die Hufsohle tritt, dann gnade dir Gott. Und seid sorgfältig beim Zigarettenstummelsuchen.«

Er hebt einen braunen Filter auf und hält ihn hoch. »Die Kippen stecken voller Nikotin, Cadmium und noch anderen Giften. Ist ja wohl klar, dass jede einzelne Kippe gefunden werden muss, damit die Pferde die Dinger nicht erwischen und darauf herumkauen. Oder sie womöglich verschlucken.«

Jeder werkelt stumm vor sich hin und versucht, möglichst viel Abstand zwischen sich und Herrn Habicht zu bringen.

Mir bricht der Schweiß aus, wenn ich mir vorstelle, was das alles kostet. Ein neues Tor, eine neue Raufe, Elektroband und wer weiß, was sonst noch ersetzt werden muss.

Dabei war ich bis vor einer Stunde noch voller Freude und rosa Wärme wegen Pepper.

Ein blauer Golf biegt auf den Hof ein und hält vor Habichts Scheune. Habis Schwester steigt aus und hebt Johnny aus dem Kindersitz. Halb schlafend hängt der Sechsjährige im Schlafanzug in ihren Armen. Doch dann wacht er auf, und als er die merkwürdige Szene vor seinem Zuhause sieht, hüpft er auf den Boden und ist außer Rand und Band.

»Voll die Action«, schreit Johnny hellwach und rennt zu uns herüber.

Ich muss lachen. Für uns ist das die Pest ... aber für einen Sechsjährigen natürlich ein Abenteuer.

Johnny will helfen und greift an den Rand unseres Siebes, aber das ist viel zu schwer für seine Kinderarme.

»Johnny, das ist zu kalt.«

Herr Habicht hängt seinem Sohn eine warme Pferdedecke um. Mit fliegenden Deckenzipfeln rennt Johnny ins Haus und kehrt unter Siegesgeheul mit seinem Sandkastenspielzeug zurück. Kleine rote Plastikförmchen, ein Strandsieb und eine Schaufel.

Konzentriert schippt er Sand in das Minisieb. Der blonde Strubbelkopf ist völlig vertieft in die Sucht-die-Kronkorken-Aktion. Johnny ist der Einzige, der lacht und alles aufregend und komisch findet.

»Johnny ist unsere Rettung«, flüstert Emily mir über das Drahtsieb zu. »Habi guckt schon viel milder, weil sein Kleiner solchen Spaß hat.«

In die Stille der Aufräumaktion richtet Tapir sich plötzlich auf. »Jetzt hab ich's«, sagt er. »Einer der Jungen ... ist der Sohn von Staatsanwalt Weise. Er hat ihn mir mal vorgestellt, auf dem Gerichtsflur.« Tapir verzieht amüsiert das Gesicht. »Da wird sich Herr Weise aber freuen, wenn er für den Schaden zahlen soll. Geht der Knabe auf euer Gymnasium? Dann müsstet ihr ihn doch mal gesehen haben.«

Melly lässt die Harke fallen und läuft tomatenrot an.

»Ich kannte keinen«, sagt sie schnell, obwohl Tapir sie gar nicht direkt angesprochen hat. Sie hebt die Harke auf und arbeitet mit gebeugtem Kopf weiter.

Ich werde misstrauisch. Ihre überstürzte Antwort lässt mir keine Ruhe. Während ich einen Müllsack auf den Hof schleife, kommen meine grauen Zellen in Schwung und ordnen einige Jungs, die ich sonst in anderen Klamotten kenne. Und vor allem ohne Kapuzen.

Auf einmal sehe ich sie ganz klar auf dem Schulhof vor mir: die Jungs aus der 10 b, die Melly pausenlos anschmachtet.

Wer von denen ist der Sohn des Staatsanwalts? Egal, jedenfalls wird das bei ihm zu Hause ein Riesentheater geben.

Hoffnung glimmt auf. Wir haben einen, der den angerichteten Schaden zahlen muss. Zumindest einen Teil.

Und dann geschieht etwas, womit keine von uns gerechnet hat.

Nach einer Stunde erscheinen plötzlich zwei dünne Gestalten hinter Habis geparktem Pferdehänger.

Emily entdeckt sie zuerst und zeigt mit dem Kinn in die Richtung.

»Guck mal, die haben sich wohl in der Zeit geirrt.«

Ich drehe mich um und betrachte die hoch aufgeschossenen Jungs in dunklen Kapuzenjacken, die unter der Laterne ihre Köpfe zusammenstecken. Einer trägt eine graue Strickmütze bis über die Augen. Sie hantieren mit irgendetwas, das ich aus der Ferne nicht erkenne, dann sprühen auf einmal funkelnde Sternchen in der Luft und die beiden nähern sich mit zwei Bündeln hochgehaltener Wunderkerzen.

Wir unterbrechen unsere Arbeit und starren ihnen entgegen.

Sieh mal an, zwei Bekannte vom Schulhof.

»Sorry für vorhin«, murmelt der Mützenlose mit halblangem Haar und zieht seine Schultern hoch wie ein begossener Pudel. »Irgendwer hier hat heute Geburtstag.«

»Ich«, sage ich und bin baff.

»Hm, also . . . Glückwunsch.«

Lennart Habicht schießt um die Ecke und stemmt die Arme in die Seiten. Seine Zornesadern an den Schläfen schwellen an.

»Geht's noch?«, bellt er. »Wollt ihr auch noch meinen Stall abfackeln?«

Mit einem schroffen Handgriff nimmt er ihnen die Kerzen aus den Händen und tritt sie im Sand aus.

Schade, ich fand die Geste nett.

»Nie im Leben sind die freiwillig hier, die sind von ihren Eltern hergescheucht worden«, flüstert Tapir mir zu. »Der eine ist der Lausebengel von Dr. Weise. Sein Vater hat wohl Angst, dass sich die Nachricht im Ort ausbreitet wie ein Flächenbrand. Der sieht schon die Schlagzeilen: Sohn des Staatsanwaltes randaliert in Pferdestall.«

Ich halte es für wahrscheinlicher, dass sie meinetwegen hier sind, weil mein Rap sie so beeindruckt hat.

»Kommt mal mit.«

Habi packt beide an der Kapuze und führt sie mit sich auf den hinteren Teil des Paddock. Anständig von ihm, dass er sie nicht vor uns Mädchen zusammenfaltet.

Ich verwette meine Putzbox, dass die Jungs die umschwärmten Lieblinge von Melly sind, die sie vorhin nicht verpfeifen wollte.

Vince Weise und Ferdi Erding heißen sie, so viel verstehe ich, weil Herr Habicht sie zwingt, ihre Namen mehrmals laut zu wiederholen.

Danach schnappe ich noch Bruchstücke von Habis Aufzählung auf, beispielsweise: »Elektrobänder müssen erneuert werden«, »zehn Isolatoren fehlen«. Und dann: »Ihr könnt den Stall anstreichen und die Boxen mit dem Hochdruckreiniger säubern.«

Aha, statt Cash sollen die Randalierer arbeiten.

Habi bringt die beiden zurück, zeigt auf mich und sagt zu dem, der Vince heißt und der Sohn vom Staatsanwalt ist: »Kannst das Geburtstagskind unterstützen und die kleine Emi beim Sandsieben ablösen.«

»Hi«, murmelt Vince, als er das Sieb von Emi übernimmt.

Wir halten den Rand fest und gucken aneinander vorbei. So wie man es bei Hunden macht, um sie nicht zu reizen. Unauffällig mustere ich mein Gegenüber. Sieht nicht aus wie ein Komasäufer. Eher total nett. Groß, sportlich, halblanges braunes Haar, grüne Augen. Nein, braune. Oder doch grün? Cool, wie er sein Haar unablässig mit einer hochgezogenen Schulter hinter die Ohren streicht.

Ich bin froh, dass ich meine neuen, knackigen Designerjeans anhabe.

Wir lachen ein bisschen, weil wir wegen der peinlichen Situation verlegen sind und weil man erst einmal in Einklang kommen muss beim Siebschwenken.

Nach dem zweiten Sieb fragt Vince: »Stammt der Rap im Netz wirklich von dir?«

»Ja, warum?«

Auf dem Drahtgeflecht bleiben ein paar Steine zurück. Vince kippt sie auf den wachsenden Haufen am Zaun und kehrt mit einer neuen Ladung Sand zurück.

»Gar nicht schlecht für ein Reitermädchen. Ich dachte immer, ihr hättet nur Stroh im Kopf.«

Er wird rot dabei und wirft mir einen seltsamen Blick zu, während wir im Gleichklang das runde Sieb hin und her schütteln.

»Sonst noch was?«

Das sage ich so leicht dahin, dabei klopft mein Herz bis zum Hals, fast so heftig wie an dem Tag, an dem ich Pepper bekam.

Melly sammelt Kronkorken entlang des kaputten Elektrozauns und dabei tänzelt sie und lässt ihren kurzen Rock wippen. Plötzlich lacht sie hell auf und versucht, Vince' Aufmerksamkeit auf sich zu lenken.

Und dann bemerke ich etwas, das mich schwer verwirrt. Vince schaut zwar kurz zu Melly hinüber, aber mit einem unbeteiligten Blick, als wäre sie einer der Isolatoren am Elektrozaun.

Dann sieht Vince Weise erneut mich an, so komisch, irgendwie bewundernd.

»Ich kenne dich vom Schulhof«, sagt er ohne weitere Erklärung. Er findet mich gut, sagen seine grünen Augen mit den kandisbraunen Sprenkeln. Obwohl ich keinen kurzen Rock trage wie Melly und keine dramatisch lackierten Fingernägel wie Gloria. Unter seinem Blick werde ich rot und ich fühle mich keine Sekunde länger wie ein schuldiger Pestbolzen, sondern sensationell, weil ich ein eigenes Pferd besitze und einen Rap geschrieben habe und weil ich hier mit dem supersüßen Vince Weise aus der 10 b Sand siebe.

19.

Dass dieser Ferdi so praktisch veranlagt ist, hätte ich nicht gedacht. Geschickt repariert er mit Habi und Tapir das Gattertor, als hätte er nie etwas anderes getan. Vince räumt die noch brauchbaren Teile des Elektrozauns in eine Schubkarre.

Schließlich wischt Herr Habicht sich die ölverschmierten Hände an der Hose ab und knurrt: »Da habt ihr ja noch mal Glück gehabt. Ein paar Handgriffe noch, dann funktioniert das Tor wieder, schätze ich. Schwirrt ab, ihr Pfeifen. Aber wir sehen uns wieder und ihr arbeitet den Rest der Schulden ab, verstanden?«

Dann schiebt er die Jungs Richtung Ausgang, ohne dass ich noch einmal mit ihnen sprechen kann.

Vince hebt die Hand, als er loszieht, und guckt in meine Richtung, nicht in die von Melly. Eindeutig . . .

Mein Herz macht einen Sprung. Ich werde Vince wiedersehen, *hier,* in meinem sicheren Revier, nicht bloß auf dem Schulhof.

In meinem Kopf tanzen seine Worte: »Gar nicht schlecht für ein Reitermädchen.«

Lächelnd binde ich die Müllsäcke zu.

Jetzt bin ich nicht mehr zwei Floras, sondern vier.

Privatflora.

Schulflora.

Pepperflora.

Vinceflora.

Vierfach gespalten, das dürfte selbst Frau Dr. Lanz überfordern.

Es wird kühl auf dem Habichthof. Eine nach der anderen verabschiedet sich. Mellys Mutter rauscht mit ihrem limonengrünen Panzerwagen heran, um ihre Prinzessin abzuholen.

»Na bitte, Herr Habicht«, blökt sie, als sie uns beim Müllsammeln entdeckt. »Die Mädels sind doch eine riesige Hilfe für Sie.«

Der Chef schnappt nach Luft und knurrt gereizt: »Was Sie alles wissen.«

Im Weggehen ruft die Lanz ihm zu: »Warum spielt denn Ihr kleiner Junge noch draußen im Sand? Der müsste längst im Bett liegen.«

Habi pumpt seinen Brustkorb auf wie einen Blasebalg. Ein Wunder, dass er nicht platzt.

Janne, Leonie und die Zwillinge gehen als Letzte.

Ich bin mit Emily allein. Von einer Minute zur anderen ist das hektische Gewusel vorbei.

»Ich seh mal nach Alpino.«

Emi verdrückt sich zu den Außenboxen und ich stehe allein auf dem Hof.

Die Ruhe macht mich nervös. Nichts lenkt mich jetzt mehr von dem Chaos ab, das ich angerichtet habe. Eine unbekannte Angst greift nach mir. Wie eine Riesenfaust legt sie sich um meinen Magen und mein schlechtes Gewissen weicht einer großen Furcht.

Bestimmt verpfeift Habi mich bei meinen Eltern. Was kann ich bloß tun, um ihn nachsichtiger zu stimmen? Ihm einfach aus den Augen gehen? Ob ich mich klammheimlich vom Hof machen soll? Wenn Habi mich nicht ständig sehen muss, verblasst sein Ärger vielleicht bis morgen. Hoffentlich.

Nein. Ich gehe nicht, ohne mich richtig zu entschuldigen. Aber ob das hilft? Sicher wird er in jedem Fall meinen Vater anrufen und ihn in allen Details über meinen Fehltritt informieren: Ihre Tochter verfügt leider nicht über die nötige Reife, um ein Pferd zu halten.

Ich schiele zum Gatter hinüber, wo der Chef unter einem Baustellenstrahler arbeitet. Sein lang gezogener Schatten fällt als groteskes Zerrbild über den Paddock.

Logisch wird Herr Habicht den Vorfall brühwarm meinen Eltern berichten. Um Papa zu beweisen, dass er seine Tochter nicht im Griff hat.

Zum Teufel, meine Eltern gehen an die Decke! Was hatten wir für endlose Diskussionen: Pferd ja, Pferd nein. Schon nach ein paar Tagen als Pferdebesitzer läuft bei mir alles schief. Und sie stehen als die miesesten Erzieher der Welt da. Wenn Papa ausrastet, kann es passieren, dass er Pepper wieder verkauft.

Eine eisige Hand greift nach meinem Herzen, genau an die Stelle, wo ich meine Geheimbox mit Pepper verwahre.

So wie ich meinen Vater kenne, verkauft er Pepper zurück an Herrn Habicht und lässt sich Euro für Euro wiedergeben. Und mein Pepper fällt an Melly Lanz.

Die größte anzunehmende Katastrophe.

Wie kann ein Tag so gewaltig umschlagen? Ich presse meine Hände gegen den Magen, um mein Bauchweh wegzudrücken. Meine prickelnde Freude über Pepper ist verflogen. So allein habe ich mich lange nicht gefühlt. Und so mies. Obwohl ich ein eigenes Pferd habe. Obwohl ich einen süßen Jungen mit kandisbraunen Sprenkeln in den Augen kennengelernt habe.

Wenn ich jetzt keine vertraute Stimme höre, raste ich aus.

Mit feuchten Fingern hole ich mein Handy hervor und versuche es noch einmal mit Danis Kurzwahl. Nach einigen endlosen Sekunden meldet mein Bruder sich.

»Flo?«

Ohrenbetäubender Lärm fegt mir aus dem Handy aufs Trommelfell.

»Wo steckst du, Dani?«

»Führerschein-Fete bei einem Kumpel. Alles klar bei dir?«

»Nein«, flüstere ich, »ich habe Mist gebaut.«

»Was«, schreit Dani zurück. »An deinem Geburtstag?«

Ich erzähle ihm die Geschichte von meiner Party. Und dass ich kurz vorm Durchdrehen bin.

Dani beruhigt mich.

»Komm runter, Flöhchen. Papa nimmt dir dein Pferd nicht weg. Kann höchstens passieren, dass der Stallbesitzer stinksauer ist und dich rauswirft. Schlimmstenfalls musst du dir also einen neuen Stall suchen.«

Die Bässe dröhnen in meinen Ohren. Ich verstehe nur jedes zweite Wort.

»Ich höre nichts mehr«, brüllt Dani. »Wir reden morgen. Relax, kleine Schwester.«

»Danke, Alter.«

Es war gut, Dani anzurufen. Ein echter Schwesternversteher.

Aber was meint er mit: einen neuen Stall suchen? Die nächste Reitanlage liegt weit entfernt, nur mit dem Bus zu erreichen. Jeden Tag eine Stunde mehr Fahrzeit. Neben der Schule schaffe ich das nie, nie, nie.

Dass eine kleine, verbotene Geburtstagsfeier solche Folgen hat! Ich komme mir auf einmal zwanzig Jahre älter vor.

Wenn ich an das ausstehende Gespräch mit dem Chef denke, verkrampfe ich mich vom Scheitel bis zu den Zehenspitzen. Jeder Muskel schmerzt.

Mit steifem Nacken schleiche ich in den Stall, um mich von Pepper aufmuntern zu lassen.

Er begrüßt mich erfreut wie immer und hält mir seinen Kopf zum Rubbeln hin.

»Ich habe einen gigantischen Fehler gemacht, Pepper. Vertrauensbruch würde Mama sagen. Weißt du, Habi vertraut mir sein bestes Schulpferd an, also dich, und ich bringe seinen Hof in Gefahr.«

Genüsslich schwenkt Pepper den Kopf, während ich seine Wangen reibe.

Hört er mir überhaupt zu?

»Wenn er mich nun rauswirft, Pepper? Wo sollen wir dann bleiben? Was meinst du, wie entschuldige ich mich am besten beim Chef?«

Mit geschlossenen Augen grunzt Pepper etwas. Hört sich an wie: *Bin ich der Pferdebesitzer oder du?*

Als große Hilfe würde ich das nicht gerade bezeichnen.

Schweren Herzens reiße ich mich von Pepper los und marschiere zurück auf den Hof.

Pepper wiehert mir durch die Stallgasse nach. Klingt wie: *Er wird dir schon nicht den Kopf abreißen.*

Scheint mir aber doch so, denn Habi kniet düster im Sand und zieht Schrauben am Tor nach.

»Ich möchte mich entschuldigen, Herr Habicht.«

Habi hantiert mit seinem Werkzeug und blickt nicht auf.

»Von dir hätte ich das am allerwenigsten erwartet, Flora«, sagt der Chef mit Nachdruck und schlägt unnötig heftig mit der Zange auf den Schraubenschlüssel ein. »Von dir nicht. Ich dachte, du hättest Respekt vor Pferden. Sie haben um diese Jahreszeit ja nur den Paddock zum Austoben und du zerstörst ihren kleinen Lebensraum mutwillig.«

Brutal, wie Herr Habicht die Sache auf den Punkt bringt.

Wenn ich er wäre, würde ich mich rauswerfen.

Von der Seite sehe ich nur sein Profil, die schmal gewordenen Lippen, die aussehen, als hätte Habis Vertrauen in die Menschheit einen Knacks erlitten.

»Aber Herr Habicht, wir konnten doch nicht ahnen, dass plötzlich diese Horde über Ihren Hof herfällt.«

Ärgerlich wirft der Chef die Zange in den Sand.

»Na hör mal, das weiß ja sogar ich, dass bei Partys unerwünschte Besucher auftauchen.«

Auf einmal sieht er gar nicht mehr aus wie mein vertrauter, netter Habi, sondern streng wie Dr. Winkelmann, wenn er vor der ganzen Klasse sagt: »Flora Rohde ist die einzige Schülerin der Welt, die noch nie von der Winkelsumme im Dreieck gehört hat.«

»Ich hoffe, der Vorfall ist dir eine Lehre. Und deinen Freundinnen. So etwas darf nie wieder vorkommen, sonst ist bei mir Ende im Gelände.«

»Kommt nie wieder vor. Ich schwöre.«

»Ich schwöre, ja, ja«, murmelt Herr Habicht und richtet sich auf. »Ich gucke mich jetzt genauer um, was zu Bruch gegangen ist. Für die Schäden müssen deine Eltern zahlen. Das ist dir hoffentlich klar.«

Hilfe! Er verpfeift mich!

»Bitte, Herr Habicht, können Sie meine Eltern nicht da rauslassen? Ich muss sowieso selber für alles haften.«

Meine Kehle ist so trocken, dass ich nur flüstern kann. »Seit heute bin ich vierzehn.«

Vor meinem geistigen Auge sehe ich, wie die Euros nur so von meinem gehüteten Sparkonto herunterstürzen.

»Oha«, sagt Herr Habicht und streicht über seine Glatze. »Dann drück dir mal selber die Daumen, dass nicht allzu viel repariert werden muss.«

Hoffnung glimmt auf. Komme ich mit einem blauen Auge davon? Wirft er mich nicht raus?

Er dreht sich noch einmal um und zeigt mit der Zange auf mich.

»Du mit deiner Pferdekenntnis, wie konnte dir das passieren? Das überrascht mich wirklich, Flora. Das muss bei mir erst mal sacken.«

»Mhm.«

»Sei froh, dass Tapir die beiden Jungs erkannt hat. Die müssen ihre Schulden bei mir abarbeiten.«

Ein winzig kleiner Anflug von einem Lächeln zeigt sich auf seinem Gesicht. »Na, auf den ersten Blick sieht es nicht so schrecklich teuer aus.«

»Reset?«, frage ich vorsichtig.

»Reset, Reset«, grummelt er. »Wenn das immer so einfach wäre. Stecker raus, Stecker rein und die Sache läuft wieder.« Er streicht sich erneut über die Glatze und seufzt. »Na, meinetwegen. Neustart. Das funktioniert aber nur einmal im Leben, das sage ich dir.«

»Mann, Herr Habicht . . . danke.«

Zutiefst erleichtert renne ich zu Pepper, um ihm von der neuesten Entwicklung zu berichten. So viel Glück nach einem selbst eingebrockten Fiasko – das hat nicht jeder. Ich bin ein Sonntagskind!

Pepper spitzt die Ohren, legt den Kopf schief und lauscht.

»Komm, wir gehen noch eine Runde spazieren.«

Weil heute so viel passiert ist wie sonst nicht in zwei Millionen Jahren, muss ich meinen Freund an meiner Seite haben.

Ich führe Pepper auf den nächtlichen Hof. An meiner Schulter spaziert er neben mir über die stille Anlage. Wie oft habe ich mir das früher gewünscht, Pepper einfach so herauszuholen und mit ihm loszugehen. Jetzt habe ich das Privileg als Privatbesitzer, aber so richtig kann ich mich gerade nicht darüber freuen. Schließlich hat Pepper durch meine Schuld eine gehörige Portion Angst ausgestanden.

»Ich habe ziemlich Mist gebaut, was?«

Pepper drückt seine weichen Nüstern in meine Halsbeuge. Er hat mir längst verziehen. Pferde sind nicht nachtragend. Peppers Herz ist riesengroß.

Der neue Führstrick liegt federleicht in meiner Hand. Nein, bleischwer. Gleichzeitig leicht und schwer.

»Leicht und schwer gleichzeitig – das geht nicht, Fräuleinchen«, würde Dr. Winkelmann sagen, bei dem wir auch Physik haben. Aber es geht *doch*. Der Winkel müsste mal ein eigenes Pferd haben, dann wüsste er das. Gegen die Millionen widersprüchlichen Gefühle in mir kommen seine lächerlichen Gesetze der Physik nicht an.

Gleichmäßig klappern die Hufe neben mir auf dem Hofpflaster, bevor wir auf den Trampelpfad schwenken.

Warm rieselt Peppers Atem über meinen Arm und ich muss lächeln, weil das so guttut.

Papas Standpauke steht mir allerdings noch bevor. Ob Vince auch Ärger mit seinem Vater bekommt? Anzunehmen, wo Dr. Weise doch am Gericht arbeitet.

Wird Vince mich am Montag auf dem Schulhof ansprechen? Ich muss an seine Augen mit den lustigen Sprenkeln denken, an diesen paradiesischen Moment, als mir sein Blick einen Schauer über den Rücken jagte. Alles hätte ich dafür gegeben, wenn die Zeit stehen geblieben wäre. Ein Spruch von Mamas Teebeutel fällt mir ein:

»Ein Augenblick, gelebt im Paradies, wird nicht zu teuer mit dem Tod gesühnt.«

Täusche ich mich oder verzieht Pepper die Mundwinkel zu einem Lächeln?

»Lachst du über mich – wegen Vince? Kannst du etwa Gedanken lesen?«

Pepper antwortet nicht, natürlich nicht, aber seine Maulwinkel bleiben amüsiert hochgezogen. Er zuckt mit den Nüstern und schnaubt.

Vielleicht können Pferde tatsächlich in Menschenköpfen lesen wie in einem Buch?

Ich betrachte Pepper ganz genau. Warum soll in seinem Großhirn nicht eine Ecke für das Lesen von Gedanken vorhanden sein?

Pferde haben einen langen Zeitvorsprung auf unserem Planeten. Ihre Entwicklungsgeschichte begann vor fast 60 Millionen Jahren, die der Menschen erst vor schlappen zwei Millionen. Was war in den 58 Millionen Jahren dazwischen alles möglich? Dass Pferde gelernt haben, Gedanken zu lesen?

Vielleicht entdecke ich als Erste das Pferde-Gedankenlesezentrum. Eine Riesensensation. Jede Zeitung druckt mein Bild. Ganzseitig und in Farbe. Vor Wut bricht Frau Lanz in unstillbare Schreikrämpfe aus und muss in die Klapse.

Natürlich benennt man den neu entdeckten Gehirnwinkel nach mir. Das Flora-Rohdesche-Pferdegedankenlesezentrum. Zum Teufel, das schlägt andere Wellen als das Müller-Maringsche Doppelherz.

Jäh wird mein Ausflug in die Wissenschaft unterbrochen.

»Flooora!«

Herr Habicht sucht mich. Ausgerechnet jetzt, wo ich so kurz davor war, zusammen mit Pepper in die Geschichtsbücher einzugehen.

»Ich schließe den Stall ab«, ruft der Chef vom Hoftor aus. »Kommst du hoch?«

»Bin unterwegs. Komm, Pepper.«

Der Sand schluckt die Hufgeräusche. Lautlos stapfen wir über den schmalen Pfad zum Stall hinauf. Dunkelblau wölbt sich die heraufziehende Nacht über uns. In hundert Glitzerfarben funkeln die Sterne.

Als ich neben zehn prall gefüllten Müllbeuteln verharre und zum Himmel hochsehe, bleibt Pepper ebenfalls sofort stehen. Nicht einen einzigen Blick verschwendet er an die Abfallsäcke, den sichtbaren Beweis für meine Schande. Dafür liebe ich ihn noch mehr. Pepper hebt den Kopf und folgt meinem Blick nach oben.

Sein Stern im Großen Wagen sprüht nun wieder Funken – wie Vince Weises Wunderkerzen.

Quick-Check Pferdekauf

Lies diese Listen durch oder fülle sie aus. Danach hast du eine grobe Ahnung, was da auf dich zukommt, wenn du ein Pferd besitzt.

Fünf Gründe, warum ich unbedingt ein Pferd will

1. ....

2. ....

3. ....

4. ....

5. ....

Was wäre, wenn ...

Wirf einen total ehrlichen Blick in die Zukunft. Was ist, wenn du ein Pferd hast, und es tauchen Probleme auf? Kann dein vierbeiniger Freund sich auf dich verlassen, in guten und in schlechten Zeiten? Idealerweise beantwortest du alle Fragen mit: »Ja, ich will!«

1. Sicher hast du noch andere Hobbys, z. B. Tennis. Mit Pferd gerätst du in die ZEITFALLE. Der Tag müsste dreißig Stunden statt vierundzwanzig haben! Spielst du abends Tennis, kannst du nicht mit deinem Pferd grasen gehen. Dein Schatz müsste gelangweilt in der Box stehen. Würdest du deinem Pferd zuliebe den Tennisschläger an den Nagel hängen?
2. Es regnet in Strömen. Die Reithalle ist belegt, du kannst nicht rein. Lässt du dein Pferd ohne Bewegung im Stall stehen? Oder reitest du trotz des »Schietwetters« ins Gelände?
3. Dein Pferd hat sich verletzt. Die Tierarztkosten sind höher, als deine Eltern eingeplant haben. Bist du bereit, zur Not auch dein Sparbuch zu plündern?
4. Du kannst dein Pferd wegen Krankheit wochenlang nicht reiten. Gehst du trotzdem täglich in den Stall, putzt es, sorgst für Abwechslung, gehst mit ihm spazieren?
5. Würdest du auf eine tolle Ferienreise verzichten, wenn dein krankes Pferd dich zu Hause braucht?
6. Natürlich dauert es noch Jahre, doch irgendwann ist der letzte Tag für jedes Pferd gekommen. Bist du stark genug, deinem Freund in seiner letzten Stunde beizustehen?

Worauf kommt es mir beim Reiten an?

Bevor du auf Pferdesuche gehst, überleg dir genau, was für dich »reiten« bedeutet – damit du die richtige Rasse und dementsprechend das perfekte Pferd findest.

1. Ich will mit Freunden ins Gelände gehen, über Stoppelfelder galoppieren und Spaß mit meinem Pferd haben.
2. Gelände reizt mich nicht so wahnsinnig. Ich möchte schöne, klassische Dressur reiten.
3. Ich will Western reiten, mit einem echten Westernpferd.
4. Springen, springen, springen.
5. Auf Turniere gehen. Ich liebe Wettkämpfe aller Art.
6. Turniere? Gähn. Den Ehrgeiz hab ich nicht, ich sehe mein Pferd als Freizeitpartner.

Wo finde ich mein Traumpferd?

Wenn du eine bestimmte Rasse suchst, z. B. *Holsteiner, Hannoveraner, Oldenburger, Friesen, Haflinger, Islandpferde* usw., kannst du auf Gestüten nach deinem Traumpferd sehen. Oder du erkundigst dich bei Reitställen in deiner Nähe nach Verkaufspferden. Sag gleich, was du mit dem Pferd planst – also Dressur reiten, springen, nur ins Gelände gehen, Western reiten. Es wäre ja blödsinnig, ein supergutes Dressurpferd zu kaufen, wenn du gar keine Reithalle zum Trainieren hast und sowieso am liebsten durch die Wälder reitest. In dem Fall wären *Haflinger, Freiberger, Fjordpferde, Isländer* oder andere robuste Ponys viel besser. Suchst du ein Allroundpferd? Dann kannst du auch ein Schulpferd aus deiner Reitschule übernehmen. Dort kennst du dein Lieblingspferd ja schon lange und weißt genau, ob ihr zusammenpasst, ob es gesund ist oder anfällig für bestimmte Krankheiten.

Eine riesige Fundgrube sind Pferdezeitschriften. Die Seiten stehen voll mit Anzeigen von Verkaufspferden, oft mit interessanten Fotos. Lies die Anzeigen regelmäßig – macht Spaß, du erweiterst dein Wissen und merkst schnell, was dein Wunschpferd ungefähr kosten wird. Auch im Internet stehen massenhaft Verkaufsanzeigen. In Tageszeitungen deiner Stadt oder Gemeinde findest du Anzeigen von Privatpersonen, die ihr Pferd gern in die Nähe abgeben wollen. Oft haben die Inserenten zwingende Gründe für den Verkauf: Umzug, Scheidung, Arbeitslosigkeit, Krankheit.

Was kostet das alles?

Schreib dir die Preise für Box, Offenstall und Weide aus deiner Wohngegend auf und rechne alles mit den Kosten unten (ungefähre Anhaltspunkte) zusammen. Je näher der Stall an einer Großstadt liegt, desto teurer wird der Spaß.

1. Box oder Offenstall ...... € im Monat
2. Futter (nicht immer im Mietpreis drin) ...... € im Monat
3. Reithallenbenutzung (muss häufig extra bezahlt werden) ...... € im Monat
4. Herausbringen auf Weide oder Paddock ...... € im Monat
5. Schmied. Zwei Hufeisen vorn erneuern plus Hufe ausschneiden 70–100 € pro Beschlag. Alle fünf bis acht Wochen nötig.
6. Wurmkuren 100–150 € im Jahr
7. Impfungen (Tetanus, Influenza, Herpes, Tollwut) 120–150 € im Jahr
8. Tierhalter-Haftpflichtversicherung 120–180 € im Jahr
9. Rücklage für Tierarzt 50 € im Monat
10. Gebrauchter Sattel, Satteldecke, Steigbügel, Trense, Gebiss, Halfter, Stricke, Putzzeug ab ca. 1.300 € einmalig

- Fahrzeit zum/vom Stall .... Minuten
- Putzen, Hufpflege .... Minuten
- Reiten .... Stunden
- Ausmisten, fegen .... Minuten
- Trog/Tränke reinigen .... Minuten
- Sattel-/Lederpflege .... Minuten
- Paddock/Weide abäpfeln .... Minuten
- Grasen gehen .... Minuten
- Schmusen .... Stunden
- Nachschmusen .... Stunden ☺

Wie viel Zeit brauche ich?

Wen ertrage ich als Reitbeteiligung?

Name	Vorteile	Nachteile	Nervfaktor
1. Janne	wohnt nahe am Stall, reitet gut	kriegt bei schlechten Noten Stallverbot, fällt dann aus	stellt alles ins Schülerportal
2. Melinda	kann jedes aufgeregte Pferd beruhigen	hat Ausbildung begonnen, wenig Freizeit	nix
3.			
4.			

Infos und Adressen, die du gebrauchen kannst

Bestimmt willst du noch viel mehr über Pferde wissen. Wie man sie richtig hält, wie man sie gesund füttert, wie ein Pferdepass aussieht, welche Rassen es gibt, wie man reiterlich seine Pferdeträume verwirklicht – und natürlich jedes einzelne Wort darüber, wie man ein Pferd KAUFT!

Vieles dazu hast du schon in Floras Geschichte gefunden, aber logischerweise lässt sich dazu noch eine Menge mehr sagen.

Bei der Deutschen Reiterlichen Vereinigung (FN) gibt es jede Menge Broschüren und Merkblätter zu sämtlichen Themen rund ums Pferd. Im Internet findest du eine Mammutauswahl. Die meisten Infos kannst du kostenlos herunterladen oder bestellen. Einige kosten ein paar Euro, aber alles liegt im Taschengeldbereich.

Bestelladresse: Deutsche Reiterliche Vereinigung,
FN-Service, 48229 Warendorf, Tel.: 02581-6362-222
Fax: 02581-6362-333
E-Mail: fn@fn-dokr.de
Internet: www.pferd-aktuell.de
Sieh nach unter dem Stichwort: Merkblätter, Broschüren, Formulare. Das findest du:

- Pferdekaufvertrag
- Vertrag Reitbeteiligung
- Vertrag über das Bereiten eines Pferdes
- Pferde-Einstellungsvertrag (wie man Box oder Offenstall mietet)
- Haftung und Versicherung rund ums Pferd – mit Beispielen von Schadensfällen
- Anreiten und Ausbilden von jungen Pferden
- Wie wird ein Pferd zum Turnierpferd?
- Die deutschen Reitabzeichen
- Ethik (Moral) im Pferdesport
- Stallordnung: Etikette im Reitstall
- Pferd und Umwelt
- Unfallverhütung im Reitsport
- Infoblatt zum Equidenpass
- Wissen rund ums Pferd

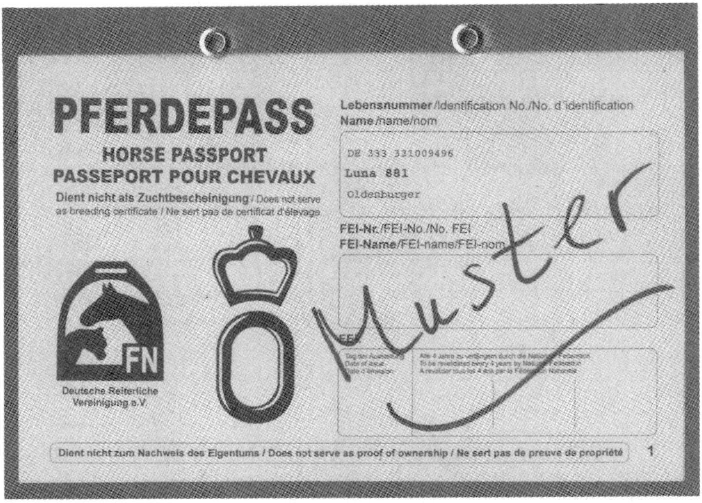

Dokumente und Grafiken: mit freundlicher Genehmigung der Deutschen Reiterlichen Vereinigung e. V. (FN), Warendorf.

Die großen Schönen

Wenn du dich in einem Reitstall umguckst, stehen dir wahrscheinlich am häufigsten Großpferde aus Deutschland gegenüber. Obwohl es weltweit über dreihundert registrierte Rassen gibt, reiten Pferdefreunde gern Vierbeiner aus den deutschen Zuchtgebieten. Mit ihren schwungvollen, raumgreifenden, elastischen Bewegungen sind die großen Schönen ideal für Dressur, Springen, Vielseitigkeit. Bei den Olympischen Spielen holen sie immer wieder Goldmedaillen.

Deutsches Reitpferd ist der Oberbegriff für alle Warmblutpferde, die in sechzehn Zuchtverbänden betreut werden, wo du viele Einzelheiten über deine Lieblingsrasse erfährst.

1. Pferdezuchtverband Baden-Württemberg e. V., www.pzv-bw.de
2. Landesverband Bayerischer Pferdezüchter e. V., www.bayerns-pferde.de
3. Pferdezuchtverband Berlin-Brandenburg e. V., www.brandenburger-pferd.de
4. Verband Hannoverscher Warmblutzüchter e. V., www.hannoveraner.com
5. Verband Hessischer Warmblutzüchter e. V., www.pferdezucht-hessen.de
6. Verband der Züchter des Holsteiner Pferdes e. V., www.holsteiner-verband.de
7. Verband der Pferdezüchter Mecklenburg-Vorpommern e. V., www.pferdezuchtverband-mv.de
8. Verband der Züchter des Oldenburger Pferdes e. V., www.oldenburger-pferde.com
9. Rheinisches Pferdestammbuch e. V., www.pferdezucht-rheinland.de

10. Pferdezuchtverband Rheinland-Pfalz-Saar e. V., www.pferdezucht-rps.de

11. Pferdezuchtverband Sachsen e. V., www.sachsenspferde.de und www.pferde-sachsen-thueringen.de

12. Pferdezuchtverband Sachsen-Anhalt e. V., www.pferde-sachsen-anhalt.de

13. Verband Thüringer Pferdezüchter e. V., www.pferde-sachsen-thueringen.de

14. Verband der Züchter des Ostpreußischen Warmblutpferdes Trakehner Abstammung e. V., www.trakehner-verband.de

15. Westfälisches Pferdestammbuch e. V., www.westfalenpferde.de

16. Zuchtverband für das Ostfriesische und Alt-Oldenburger Pferd e. V., www.ostfriesen-alt-oldenburger.de

Jeder Zuchtverband besitzt ein Markenzeichen. *Holsteiner* z. B. ein H mit Krönchen, *Hannoveraner* zwei Pferdeköpfe, *Brandenburger* einen Pfeil mit Schlange, *Trakehner* zwei Elchschaufeln. Für Ponys gibt es eigene Zeichen, beispielsweise Edelweiß und Eichenblatt. Manche Pferde und Ponys tragen ein Brandzeichen auf dem linken Oberschenkel. Eine Übersicht darüber findest du auf unserer Grafik.

BRANDZEICHEN IN DEUTSCHLAND

ZUCHTVERBAND	DEUTSCHE REITPFERDE	KALTLBUTRASSEN	PONY- UND KLEINPFERDERASSEN	WEITERE RASSEN
Pferdezuchtverband **Baden-Württemberg** e.V.		Schwarzwälder Süddt. Kaltblut, Freiberger	Haflinger	Alt-Württemberger
Landesverband **Bayerischer** Pferdezüchter e.V.	Gestütsbrand Schwaiganger	Süddt. Kaltblut, Freiberger Percheron Kaltblut	Haflinger	Rottaler Leutstettener
Pferdezuchtverband **Brandenburg-Anhalt** e.V.			Haflinger	Schweres Wblt.
Hannoveraner Verband e.V.	bis 2009			
Verband der Züchter des **Holsteiner** Pferdes e.V.				
Verband der Pferdezüchter **Mecklenburg-Vorpommern** e.V.			Haflinger	
Verband der Züchter des **Oldenburger** Pferdes e.V.				
Springpferdezuchtverband Oldenburg-International e.V.				
Rheinisches Pferdestammbuch e.V.			Haflinger Islandpferd	Quarter Horse Appaloosa
Pferdezuchtverband **Rheinland-Pfalz-Saar** e.V.		Pfalz-Ardenner Sonstiges Kaltblut	Haflinger Islandpferd	
Pferdezuchtverband **Sachsen-Thüringen** e.V.	ab 2007 Gest. Graditz		Haflinger	
Trakehner Verband e.V.				
Westfälisches Pferdestammbuch e.V.			Haflinger Islandpferd Shetland Pony	Westernpferd Paso
Zuchtverband für das **Ostfriesische** und **Alt-Oldenburger** Pferd e.V.				

ZUCHTVERBAND	DEUTSCHE REITPFERDE	KALTLBUTRASSEN	PONY- UND KLEINPFERDERASSEN	WEITERE RASSEN
Verband der Züchter und Freunde des **Arabischen** Pferdes e.V (VZAP)				OX Vollblut Araber, Anglo-Araber, Shagya Araber, Araber Rasse, Halbblut Araber
Zuchtverband für Sportpferde **Arabischer** Abstammung e.V. (ZSAA)				Shagya Araber, Anglo-Araber, Araber, Arabisches Partbred
Friesenpferde- Zuchtverband e.V.				
Stammbuch für **Kaltblutpferde** Niedersachsen e.V.				
Pferdestammbuch **Schleswig-Holstein/Hamburg** e.V.		V.S.P. Schleswiger Kaltblut		SH
Bayerischer Zuchtverband für **Kleinpferde** und Spezialrassen e.V.			Islandpferd, Huzule	Paso, Paso Fino, Lipizzaner, Pura Raza Espanol, Raza Espanol, Criollo, Cruzado, Achal Tekkiner, Tersker, Pinto, Orlow Traber, Friesenpferd
Verband der **Pony- und Kleinpferde**züchter **Hannover** e.V.				
Verband der **Pony- und Pferde**züchter **Hessen** e.V.				Pinto, Paso, Achal Tekkiner
Pferdestammbuch **Weser-Ems** e.V.				WE
Zuchtverband für **deutsche Pferde** e.V.	Gestütsbrand Altefeld			
Deutscher **Pinto** Zuchtverband e.V.				
Deutsche **Quarter Horse** Association e.V.	keine einheitlichen Brandzeichen			

Kann man Pferden jeden Wunschnamen geben?

Vorschriften für die Namenwahl gibt es nicht. Allerdings ist es üblich, dass Fohlennamen mit dem Anfangsbuchstaben des Vaters beginnen. Heißt der Deckhengst Laredo, sollte der Fohlenname mit einem L anfangen, z. B. Lakritz.

Es gibt auch Ausnahmen, hier einige Beispiele.

- Die *Holsteiner* Züchter machen es so: Hengstfohlen bekommen einen Namen mit dem Anfangsbuchstaben des Vaters. Heißt der Vater Pegasus, kann man dessen Hengstfohlen Pepper nennen. Bei weiblichen *Holsteiner* Fohlen richtet sich der Anfangsbuchstabe nach ihrem Geburtsjahr. Jedes Jahr wird ein anderer Buchstabe vergeben. Im Jahr 2011 beginnen alle Stutfohlen-Namen mit einem D, 2012 mit E, 2013 mit F, 2014 mit G, 2015 mit H und so weiter.

- Bei den *Oldenburger* Pferden werden nur Hengste nach ihren Vätern genannt (Vater z. B. Santos, Hengstfohlen Sascha). Stutennamen richten sich nach dem Anfangsbuchstaben der Mütter (Mutter z. B. Madame, Stutfohlen Maja).
- Eine dritte Möglichkeit wählen die *Trakehner*-Züchter: Alle Fohlen – egal, ob Hengst oder Stute – bekommen einen Namen, der mit dem Anfangsbuchstaben der Mutter beginnt.

Die kleinen Süßen

Ponys und Kleinpferde (höchstens 1,48 m Widerristhöhe) haben eine große Fangemeinde. Ganz oben auf der Hitliste steht das *Deutsche Reitpony,* sozusagen die Miniausgabe des *Deutschen Reitpferdes.* Es wird speziell als Reit- und Turnierpony für Kinder gezüchtet. Einen Riesen-Freundeskreis haben auch die vielseitigen, gutmütigen *Haflinger* mit ihren blonden Mähnen und dem sanften Blick. Ebenso *Isländer,* die außer Schritt, Trab und Galopp auch Tölt und Rennpass beherrschen. *Islandpferde* sind sanftmütig, genügsam und können das ganze Jahr im Freien gehalten werden. Dem Charme der kleinsten Pony-Vertreter - der *Shettys* - kann niemand widerstehen. *Shetlandponys* mit ihren fröhlichen Augen und ihrer unerschöpflichen Unternehmungslust liegen ganz vorn in der Beliebtheit. *Fjordpferde,* die falbfarbenen Norweger, gelten als verlässliche, ausgeglichene, gelassene Kameraden beim Ritt ins Gelände, sie können aber ebenso in der Reithalle punkten. Kennzeichen für *Fjordies:* schicke Stehmähne und unglaublich freundliche Augen.

Natürlich sind auch die bei uns weniger bekannten Rassen interessant.

Auf *Welsh-Ponys* (in vielen Größen) und *Connemaras* sammelt mancher junge Reiter seine ersten Turnierschleifen. *Lewitzer Schecken,* zunächst nur in den ostdeutschen Bundesländern bekannt, erobern jetzt überall in rasantem Tempo die Kinderherzen. Schon deshalb, weil die Ponys mit ihrem auffallenden schwarz-weißen oder braun-weißen Muster im Haarkleid so attraktiv aussehen. *New Forest Ponys* gehören zu den Größten der Kleinen. Sie erreichen oft das Höchstmaß für Ponys und Kleinpferde (1,48 cm). Die englischen Ponys gelten als sehr gelehrig, darum sieht man sie häufig auf Dressur-, Spring- und Vielseitigkeitsturnieren. Die deutlich niedrigeren *Dartmoor-Ponys* werden schon lange als erste Ponys für die englischen Königskinder eingesetzt. Der Grund: die robusten Ponys sehen elegant aus und sind gleichzeitig ganz besonders kinderfreundlich und gutartig.

In der Broschüre »Ponys und Kleinpferde in Deutschland« erfährst du mehr über alle diese kleinen Flitzer. Du kannst

das Heft mit zahlreichen ausführlichen Steckbriefen vieler Ponyrassen bei der Deutschen Reiterlichen Vereinigung FN bestellen. Adresse siehe Seite 213.

Geliebte Ausländer

Obwohl manche Pferderassen wie *Friesen, Fjordies* oder *Isländer* in Deutschland gezüchtet werden, stammen sie ursprünglich aus anderen Ländern. Mehr über diese Rassen erfahrt ihr unter den angegebenen Internetadressen.
Andalusier = Spanien, www.andalusierverein.de
Appaloosa = USA, www.aphcg.com
Arabisches Vollblut = Arabische Halbinsel, www.araberzuchtverband.de
Camarguepferde = Frankreich, www.vfzcd.de
Connemara-Ponys = Irland, www.connemara-pony-ig.de
Dartmoor-Ponys = England, www.dartmoor-ponys.de
Fjordpferd = Norwegen, www.igfjordpferd.de
Freiberger = Schweiz, www.freiberger-pferde.de

Friesen = Niederlande, www.friesenpferde-zuchtverband.de

Haflinger = Südtirol (Italien), www.haflinger-online.de/verbaende

Islandpferde = Island, www.ipzv.de

Knabstrupper = Dänemark, www.knabstrupper-of-independence.de

Lipizzaner = Slowenien, www.lipizzanerzuchtverband.de

Lusitanos = Portugal, www.cavalo-lusitano-ev.de

Mérens-Pony = Frankreich, www.svpk.ch

New Forest = England, www.newforestpony-ig.de

Quarter-Horse = USA, www.qha.de

Shetlandponys = Shetlandinseln (Schottland), www.shetland-pony.info

Tinker = Irland, www.tinkerhengste.de/zuchtverbaende.html

Welsh = England, www.ig-welsh.de

Margot Berger

Pepper und Flo

978-3-401-50546-6

Ferien auf der Sommerweide

Weil der Habichthof umgebaut wird, müssen Flos Holsteiner Pepper und Emilys Haflinger Alpino auf die Sommerweide umziehen. Das Größte daran: Die Mädchen dürfen die Versorgung ihrer Lieblinge selbst übernehmen, komplett von Abäppeln bis Wasser schleppen. Die beiden ahnen nicht, was da für ein Riesen-Abenteuer auf sie zukommt – und dass daran beinahe ihre Freundschaft zerbricht.

978-3-401-50547-3

Ritt ins Abenteuer

Flo jubelt: Vince und die anderen Jungs dürfen mit auf den großen Wanderritt! Mit Übernachtung im Großensee-Camp! Logisch, dass Flo dem Ausritt mit der Clique entgegenfiebert, auch wenn Melly, die Oberzicke, wieder querschlägt ohne Ende. Doch dann kriegt Flo vor lauter Herzklopfen ganz schön die Krise. Plötzlich steht sie vor der fiesen Frage: Wer ist wichtiger – ihr geliebtes Pferd Pepper oder ihr großer Schwarm Vincent?

978-3-401-50782-8

Pepper in Gefahr

Alarm auf dem Habichthof: Die gesamte Herde ist von der Weide ausgebrochen! Zwölf Pferde auf der Flucht bringen nicht nur sich selbst, sondern möglicherweise auch Menschen in Lebensgefahr! Dank schneller Hilfe können die Pferde bald geortet werden. Doch Flos geliebter Holsteiner Pepper ist nicht dabei! Flo ist verzweifelt: Wird es gelingen, Pepper rechtzeitig zu finden, bevor ein Unglück geschieht?

Arena

Jeder Band:
Arena-Taschenbuch
www.arena-verlag.de